U0135295

和苏东坡吃茶

周重林——著

CNS | 湖南美术出版社

· 长沙 ·

目　录

前言　有茶才有清欢

苏东坡是从什么时候开始频繁进入我的茶生活的？

从我在自己书店举办的一系列茶会。

立春那天，想着摘录一段与春盘有关的诗句，讲讲春天的喜悦，讲讲茶人的欢喜。苏轼那句"雪沫乳花浮午盏，蓼茸蒿笋试春盘。人间有味是清欢"冒出来后，就再也想不到别的替代。今年立春茶会，不经意间又选了这首苏轼的茶词，被提醒去年才选过后，才拍着脑袋换成了苏轼的另一首诗《次韵曾仲锡元日见寄》。

到了端午节的时候，苏轼有《到官病倦，未尝会客，毛正仲惠茶，乃以端午小集石塔，戏作一诗为谢》，佳句"坐客皆可人，鼎器手自洁"被摘录出来，写在小屏风上，很是融洽。在宋代，胡仔就从这句话里，发现了宋茶审美的"三不点"，真是眼光毒辣。2009 年，我在一本茶杂志做编辑，想写一本茶的艺术史，就以苏轼这首诗作为开篇。这书到了 2023 年才得以出版，落脚点放在了风雅上。

苏轼的茶诗后来很自然地出现在重九、除夕……

甚至，上茶山看到茶农种茶栽茶也会想到苏轼，因为他真的种过茶。遇到漂亮的女孩子泡茶，就更别提了，佳人佳茗，被他总结得一干二净。

我经常哀叹，苏轼进入某个领域后，简直不给人活命的机会啊。

任何一个物种都有自己的繁衍方式，有些是通过培养下一代，有些是通过传承，有些是通过文字。茶则是通过茶水，由固态化成液态，由一小撮干茶变成一杯杯茶水。

通过阅读苏轼，我发现如果喝茶的同时不会写作，即便是喝了一辈子茶，你也只是茶繁衍的一种方式而已。茶通过你，繁衍出无数杯茶水。如果你会读书写字，那就变成，通过文字，你找到新的繁衍方式。

现在读到与苏轼相关的书，要是少了茶，我就会愤愤不平，怎么可以这样？尤其当我读到苏轼被当作美食家，有酒有肉却没有茶的时候，更是心疼得不行。比起茶来，酒在苏轼生活里要淡很多。

为什么会出现这样的现象？

一个主要的原因，当然是研究苏轼的人，自己不爱茶。如果不爱茶，那么看到茶这个字眼的时候，自然毫无感觉。

我就曾经与一位苏轼传记的作者交流过这个问题，他说酒是一个自己不喝但写着就会有热情的词；但茶如果自己不喝，怎么都写不出来那种味道。

与朋友们交流多了，他们就讲，茶非常专业，非专业人士很难写好，你为什么不从专业的角度，谈谈茶人苏轼？

我却不这样看。哪有什么专业的茶人？苏轼当年喝茶，与我们今天大部分人饮茶，并没有什么太大的不同，不过是为日常生活寻找一些乐趣。只是恰好，他是才子，是诗人，有能力把经历过的饮茶场景通过妙笔再次呈现出来而已。而那些所谓专业茶人写的，如黄儒的《品茶要录》，却需要借助苏轼之手才能复活。

在宋代，雅玩日常化是非常重要的特征，琴棋书画诗酒茶成为文人士大夫的标配。

喝茶的好处在于，可以促进人们日常交流，我们喝茶是需要会面的。宋人就发现了见面的重要性。过去做学问，读书人皓首穷经，往往只与书本打交道就可以。汉代许多学问家甚至把自己封闭起来，隐居。那个时候，已经有足够多的竹简供他们阅读，也有足够多的思想供他们互鉴。

但之前的情况不是这样。在诸子百家时代，学问还需要通过行走考察来获得，书本知识还是很有限的。从春秋战国开始，治学的方式大致形成了一个"开与合"的传统。在孔子他们那个时代，是"开"的，是外向的，是一种广场话语。站在广场上的孔子，需要通过雄辩术来展示自己的才华。看一个人的魅力，看围着他的人群就知道。有点像今天的广场舞，音响与舞姿决定大妈有多少跟随者。网络直播时代，不过是把这些展演搬进了直播间而已。到了汉代，是"合"的，出现了很多关起门来做学问的人，崇尚"两耳不闻窗外事"，董仲舒有一个姹紫嫣红的花园，他居然从未踏入一步。

魏晋时期，人又出来了。结社、雅集成为潮流，著名的曲水流觞与竹林七贤都是如此。隋唐再次关合，尽管才子云集，但思想者寥寥无几。直到宋代，终于群星璀璨。

为什么？第一个原因当然是印刷业的发达，书籍唾手可得。许多读书人在成为作家之前，已经变成了学者。第二，皇家倡导读书，优待读书人，形成了浓郁的读书风气。第三，宋人倡导把学问融入日常里。苏轼、梅尧臣把日常琐碎都写到了诗里，邵雍、朱熹则希望在生活中格物致知、阐发幽微。而范仲淹、司马光这些人，就连家风也会影响千年。

缪钺在《论宋诗》里说饮茶这种日常，被宋人一叹三唱，他举了个例子，恰好就是黄庭坚和苏轼的茶诗：

> 凡唐人以为不能入诗或不宜入诗之材料，宋人皆写入诗中，且往往喜于琐事微物逞其才技。如苏黄多咏墨、咏纸、咏砚、咏茶、咏画扇、咏饮食之诗，而一咏茶小诗，可以和韵四五次。（黄庭坚《双井茶送子瞻》《和答子瞻》《省中烹茶怀子瞻用前韵》《以双井茶送孔常父》《常父答诗复次韵戏答》，共五首，皆用"书""珠""如""湖"四

字为韵。）余如朋友往还之迹、谐谑之语，以及论事说理讲学衡文之见解，在宋人诗中尤恒遇之。此皆唐诗所罕见也。

茶里到底有没有思想？当然是有的。

范仲淹在绍兴，无意中疏通了一口井，他发现井水清冽，是泡茶的佳泉，于是邀约朋友，不仅试了本地茶，还试了外地茶，都觉得好。于是他从中领悟出源头之水要清白、为官要清廉，这些想法影响了欧阳修、苏轼、赵佶这些人，后人看宋代，觉得赵佶总结得好，说饮茶是"盛世之清尚"。

苏轼在《叶嘉传》里阐释了清白对人的重要，说茶的一生，就是求清白的一生。苏轼总结出了自己的茶志趣，就是谋求一种茶里的清欢。茶有味，诗也有味，苏轼还在自己的诗中把茶分成君子与小人，引发张栻与朱熹等人持久的回应。

今天说中国茶道思想里有"清"的时候，对应的就是"清白""清廉"与"清尚"。这是一个个人通过一次次喝茶总结出来的，而不是今天某些人，坐在办公室里，为了对标日本茶道，改几个字改出来的。

也不是某些人，拿着"茶文化""茶道"去历史中找对应文字找出来的。我常常说这些人研究的是"茶文化"这三个字、"茶道"这两个字，看到这几个字在典籍里联袂出现就开心，找不到就失落。他们研究的不是某种茶思想，更不会践行某种茶生活，他们不过是闲逛到茶文化这块菜地，顺手薅几棵白菜回家好显耀而已。

有些人也写茶，整本书都带茶字，但你读完他的书，不仅没有增进对这个地方的了解，反而更糊涂了。这个地方的茶到底有什么特点，一句话也没提到，里面尽是人物出出进进。太多人写的是茶与社会关系，茶主体却是丧失的，仿佛那些人端杯白开水也能说出同样的话。

这个时候，苏轼就会跳出来。茶对苏轼、对我来说，意味着什么？意味着离不开。三天不喝茶，就馋到不行。

馋是什么？

前几天我回师宗老家，看到家门口有一片绿油油的荞麦地，就很想伸手去摘叶子。小时候吃过荞麦叶，往汤里撒点豌豆粉，小火煨出来，好吃到能回味三天。有野菜的苦，有白菜的甜。可是，最终还是没有走进去。

已经做不出来偷东西的事。想着第二天问问是哪户人家的，花钱买得了。然后第二天醒来，全然忘记这事。但离开前，又看到那片荞麦地，于是口水从嘴里滴到心里。

馋，挥之不去。

馋，是一种想象，想着想着，满口含津，肠胃蠕动，心跳加速。馋，不是求饱，更与饥饿无关。引发馋的，是曾经有过的回味，是场景，是一种现在不可得的期待。

馋，是审美，是不可言说的那一点点美妙，是脑海里那丝丝不灭的想念，是吃喝到了还有无穷回味的神韵。

饞之一字，在茶上，就是老茶客对茶的顶礼。

我很饞苏轼的那杯茶，于是才有了这本书。

我从苏轼的集子里，选了部分与茶有关的诗、词、文章，尽可能地做一些注释和解读，这是进入苏轼茶世界的一种方式，也是我自曝其短的方式——浅薄的学养都会一一暴露在世人面前。

但毕竟，这是茶文化一个很好的开始，也是苏轼的另一种有趣生活的呈现。

感谢你的阅读。

第一章

苏轼茶事小辑

东坡种茶。 苏轼被贬到黄州的时候，发现这里并不产茶。于是决定自己来种一片茶园。他从官方申请到一块荒地后，写信给朋友要茶种，又从其他地方移栽了一棵百年古茶树。苏轼把这块茶园命名为"东坡"，效仿唐代诗人白居易的"持钱买花树，城东坡上栽"。在这片茶园里，苏轼还盖了精舍"东坡雪堂"，招待往来的朋友喝茶。

以茶养生。 苏轼是一个养生达人，他以茶养生的办法是饭后用粗叶浓茶漱口，使油腻不入肠胃，牙齿也因此更加坚实。苏轼还建议喝茶要有间歇，不能遇到上品茶就天天喝，要隔几日喝一盏才能去茶之害。苏轼去世前，很馋茶，但又不能喝，只能用参苓汤代替茶汤。苏轼平日里喝茶，早起喝一碗，午休后喝一碗。

墨茶黑白。 司马光和苏轼有一次谈论茶与墨，司马光说："茶和墨正好相反，茶要白，墨要黑；茶要重，墨要轻；茶要新，墨却要陈。"苏轼答道："其实茶和墨也有许多相同点，譬如茶和墨都香，这是因为它们的德行相同；两者都坚硬，因为它们的操守相同。这就像贤人君子，虽然彼此的脾气性格不一样，德行却是一致的。"

在《书茶墨相反》里，苏轼写了茶与墨的差别："茶欲其白，常患其黑。墨则反是。"墨磨了以后一定要用，否则隔了一夜颜色就会变暗，同样，茶碾过一天以后香气就会减少，在这方面两者比较相似。而茶以新为贵，墨以古为佳，这一点上又是相反的。茶可于口，墨可于目，用途上虽不同，但都指向美好生活。

苏轼举例说，蔡襄晚年老病不能饮茶，还是喜欢烹茶玩玩，哪怕是闻闻茶香也好。吕行甫呢，喜欢藏墨但书法写得很不行，他有时候会把墨水喝到肚子里。

砚墨茶酒。苏轼有一段妙论，他说砚台发墨的就一定费笔，不费笔的就退墨，这两者很难兼顾。写书法的时候呢，大字难结密，小字常局促；楷书担心不放，草书又苦于无法；喝茶的时候患不美，酒美的时候又患不辣。世事没有不这样的，只能大笑而过。

梦中饮茶。在黄州时的某一晚，苏轼梦见诗僧参寥拿了一卷诗轴来看他，醒后记得饮茶诗两句："寒食清明都过了，石泉槐火一时新。"觉得此语甚美，但有不通之处。槐火换新，是宋代风俗，每年清明节，按例要把家中"火种"调换新火，可以理解，但苏轼不明白泉为何是新的。

梦境再现。苏轼即将离开杭州的时候，他带朋友前去向参寥告别。参寥汲泉钻火，烹黄蘖（bò）茶款待大家，所用之水是院内新发现的一注泉水。苏轼很是感慨地说起七年前自己在黄州的那个与参寥有关的梦，没想到应验于今日。苏轼问及之前梦茶诗中的疑问，参寥回答说："此地风俗，清明淘井，清明刚过，泉新当在情理之中。"苏轼恍然大悟。

心中四爱。苏轼一生，大吃大喝的场合太多，但走心的只有一次。

孙罄（gāo）在他邸宅中招待苏轼，一日便用了苏轼四爱：饮官法酒、烹团茶、烧衙香、用诸葛笔。法酒就是宴会用酒，团茶是宫中高级茶，衙香是官方用的高等级合香，诸葛笔则是安徽宣城诸葛丰所制的毛笔，这四样是苏轼一生所爱。

苏轼说："诸葛氏笔，譬如内库法酒、北苑茶，他处纵有嘉者，殆难得其仿佛。"诸葛笔是梅尧臣推广开的，他是宣城人，最早把诸葛笔送给欧阳修，得到欧阳修的青睐，欧阳修称赞曰"硬软适人手，百管不差一"。在欧阳修的带动下，苏轼、黄庭坚等人都相继成为诸葛笔的终身爱好者。

诗释官妓。杭州有位官妓叫周韶，有诗才，更精于茶道，与蔡襄斗茶也不曾落败，诗与茶都名震杭州。苏轼任杭州通判期间，释放过官妓，周韶看到这一情况，也写信给苏轼，请求通判还自己自由。宋代官妓，不能以钱赎身，须得特批。苏轼一番打听下来，发现这位官妓是太守陈襄所钟爱的人，不能由自己来签字。但他还是留意机会，某次钦差苏颂来杭州，太守宴请，苏轼也在场，周韶即兴以自己的身世作诗，苏轼在一边点评，周韶的事迹与诗才打动了苏颂，他当即允了周韶脱籍。2022年热门电视剧《梦华录》里的女主角官妓，有些周韶的影子。

西湖西子。在苏轼之前，西湖曾叫过金牛湖、明圣湖、石函湖、放生池等，苏轼一句"欲把西湖比西子"就把西湖的称谓定格下来，成为千古绝唱，西湖名称从此沿袭至今。西湖周边，遍地好茶，环湖寺院的僧人，皆精于茶道，在和尚的好茶招待下，苏轼佳句频出："何须魏帝一丸药，且尽卢仝七碗茶"，"食罢茶瓯未要深，清风一榻抵千金"。

佳茗佳人。苏轼一生写茶无数，唯"从来佳茗似佳人"一句，从古到今凡饮茶者皆知。茶与美人常伴身侧，是苏轼令人羡慕的地方。他身边不缺美人，也很会梦美人。有一次，他做了一个美梦，有位美女用雪水烹龙团茶给他喝，还唱歌助兴。他醒来后，发现自己的衣服上还留有美人的唾沫，更加沉醉，就写了一首回文诗。苏轼曾对好友徐君猷家中能歌善舞的歌妓胜之说，这个世界上，只有她配得上建溪双井茶和谷帘泉这样清高的饮品，苏轼不仅送茶送水，还送了《减字木兰花》以及《西江月》两首词。苏轼还写有《月兔茶》，送给属兔的朝云。

因茶获罪。乌台诗案爆发，苏轼好友驸马王诜受到牵连，所列罪状中，赫然有"王诜送苏轼好茶"条目，这大约是以茶雅贿的最早出处。苏轼茶诗《和钱安道寄惠建茶》引来的祸更大，被认为针砭时弊、包藏祸心，这句"草茶无赖空有名，高者妖邪次顽㦣（kuǎng）"更是被解读为指责朝中要员。喝茶获罪，写茶诗获罪，苏轼在宋代是独一份。

贡茶劳民。扬州芍药为天下之冠，蔡延庆为扬州太守的时候，做万花会，用掉十万余枝芍药，把周边的花园都弄残了，官吏荼毒百姓，而苏轼到扬州任太守后废除了万花会。这个"万花会"的典故出自洛阳，本是宫妾爱君之意。在茶事方面，蔡襄造小龙团进贡，欧阳修讥讽说，蔡襄怎么会干这样的事？苏轼后来也有诗写此事："君不见武夷溪边粟粒芽，前丁后蔡相笼加。争新买宠各出意，今年斗品充官茶。"

秘密赐茶。宋哲宗曾经派人到杭州秘密赐茶给苏轼，来人悄悄讲："某出京师时，往辞官家，官家说：辞了娘娘再来。

某往辞太后殿，复到官家处，引某至一柜子旁，出此一角，密谕曰：赐予苏轼，不得令人知。"苏轼得到皇家茶一斤，老泪纵横。苏轼做过哲宗老师，也在皇宫里喝过皇家的茶。宋神宗还数次夸苏轼是不可多得的人才，看苏轼的文章时，经常举着筷子忘记夹菜。

密云龙茶。太皇太后曾赐给苏轼一饼密云龙小团，苏轼珍重异常，只偶尔自己悄悄地拿出来欣赏。但苏轼比较爱显摆，忍不住写了一阕茶词《行香子·绮席才终》，说什么"看分香饼，黄金缕，密云龙"，苏门四学士便嚷着要分一杯羹。有一次，苏轼在家里会客，忽然命取密云龙，侍从还以为是有重要客人到了，悄悄躲在屏风后面一看，是廖明略。廖明略自此声名大振。

新旧茶理。寿星院的梵英和尚，非常会煮茶，饮后齿颊生香，与一般的茶味不同。苏轼喝过后，非常疑惑："这是新茶吗？"梵英和尚却道，烹茶必须新茶旧茶配合了用，香味才透得出来。苏轼领悟到，琴制好后要是不满百年，桐木的生气就不会绝灭，琴声的缓急清浊还会与气候的晴雨寒暑相感应，所以琴以古者为贵。梵英所言，茶须新旧相交，香味始见，其理正同。同感，茶之新者，生机勃勃，个性张扬，易与气候相感应，性情不定；经年之后，趋于沉稳，温润内敛，醇和随顺，亦如老朋友般彼此相熟了。

求惠山泉。苏轼写诗给无锡县令焦千之，求一斛惠山泉。惠山泉被茶圣陆羽评为天下第二泉，自此一直雷打不动地占据名泉榜上第二位，成为天下名泉，而第一位换来换去，反而让人没有期待。苏轼说，世人都知晓这惠山泉好，不远千里转运，但谁知道泉水的真假？我现在有老朋友送的好茶，就缺你的好水，没有惠山泉，我这茶也好不到哪里去。当然，在苏轼一生中，求茶的记载，伴随终生。

茶果祭友。高僧辩才死后，苏轼委托参寥子为他祭奠茶与水果，并寄去奠文一篇，有句云"谁持一杯，往吊井龙"。辩才在世时，苏轼与他经常在西湖边品茗清谈，传闻辩才还是龙井茶首倡之人。苏轼儿子苏迨体弱多病，是辩才帮他治好了顽疾。大觉禅师死后，苏轼也以水果与茶祭奠他。苏轼经过南华，到重辩墓塔前，也以水果与茶祭奠。

仿造茶臼。北宋元丰四年（1081）的大年初二，苏轼给好友陈季常写信，求借木茶臼与木茶椎，"所借所收建州木茶臼子并椎，试令依朴造看，兼适有闽中人便，或令看过，因往彼买一副也"。这就是现在还保存在北京故宫博物院的《新岁展庆帖》。在给陈季常的另一封信里，苏轼说茶臼需要多留几日做模具，看来苏轼正在仿造一个。茶臼是碎茶工具，现在不断有文物出土。

以茶斗法。佛印与苏轼斗茶、斗诗、斗法。佛印有诗："穿云摘尽社前春，一两平分半与君。遇客不须容易点，点茶须是吃茶人。"东坡答佛印茶诗云："嫩蕊馨香两味过，感师远赠隔烟罗。试烹一盏精神爽，好物元来不须多。"

邀友茶叙。苏轼经常以茶会友，写给姜唐佐秀才的这封信，很像我们当下的情状——知道你忙，会后慢慢来，我等你茶叙。"适写此简，得来示，知巡检有会，更不敢邀请。会若散早，可来啜茗否？酒、面等承佳惠，感愧感愧！来早饭必如诺。十月十五日白。"

第二章

宋式审美

◎ **到官病倦，未尝会客，毛正仲惠茶，乃以
端午小集石塔，戏作一诗为谢**

我生亦何须[1]，一饱万想灭。

胡为[2]设方丈[3]，养此肤寸舌。

尔来又衰病，过午食辄噎。

缪[4]为淮海帅[5]，每愧厨传[6]缺。

---

1 何须：有什么需求。

2 胡为：为什么？

3 方丈：佛寺住持的居处称为"方丈"，亦曰堂头、正堂。这是方丈一词的狭
义。广义的方丈除指住持居处外，还包括其附属设施，如寝室、茶堂、衣钵
寮等。据《维摩诘经》，身为菩萨的维摩诘居士所住的卧室虽仅仅一丈见方，
却能容纳二千师子之座，有不可思议之妙。

4 缪：枉，自嘲之意。

5 淮海帅：苏轼在扬州的身份是以龙图阁学士充淮南东路兵马钤辖，知扬州
军州事。兵马钤辖，宋代军职名。以职权、官资、驻地的不同区分为二等三
类若干种。以职权区分，有路兵马钤辖和州兵马钤辖两等。

6 厨传：供应过客食住和车马的馆舍。《汉书·宣帝纪》："或擅兴徭役，饰厨
传。"颜师古注引韦昭曰："厨谓饮食，传谓传舍。"

爨[7]无欲清人[8]，奉使[9]免内热[10]。

空烦赤泥印[11]，远致紫玉玦[12]。

为君伐羔豚[13]，歌舞菰黍[14]节。

禅窗丽午景，蜀井出冰雪[15]。

---

7 爨（cuàn）：生火造饭。

8 清人：纯洁的人。《抱朴子·行品》："体冰霜之粹素，不染洁于势利者，清人也。"

9 奉使：奉命出使。

10 内热：内热也叫内火，又称为"火热内生"。指体内脏腑阴阳偏胜之热。

11 赤泥印：封在茶饼包装上的封印。唐刘禹锡《西山兰若试茶歌》："何况蒙山顾渚春，白泥赤印走风尘。"宋欧阳修《圣俞会饮》："滑公井泉酿最美，赤泥印酒新开缄。"

12 玦（jué）：形制有缺口的玉器。这里指带缺口的紫色茶饼。

13 羔豚（tún）：小羊与小猪。宋苏轼《雨后行菜圃》："白菘类羔豚，冒土出蹯掌。"

14 菰黍（shǔ）：菰，多年生草本植物，其果实为菰米，可作粮食。在周朝曾为供君主食用的六谷之一；黍，一年生草本植物，其籽实煮熟后有黏性，可以酿酒、做糕等。菰黍相裹的粽子是后世端午的美食，所以，端午节也称菰黍节。宋晁公溯《比以酒饷师伯浑辱诗为谢今次韵》："及兹菰黍节，日吉辰甚良。"

15 此句所言蜀井在禅智寺，井水甘寒清轻。

坐客皆可人[16]，鼎器手自洁。

金钗[17]候汤[18]眼，鱼蟹[19]亦应诀。

遂令色香味，一日备三绝。

报君不虚授[20]，知我非轻啜。

---

16 可人：趣味相投的人。

17 金钗：妇女插于发髻的金制首饰，由两股合成，唐温庭筠《懊恼曲》："两股金钗已相许，不令独作空成尘。"这里指烧水时用的茶钳子。宋虞俦《王诚之分惠卧龙新茶数语为谢》："不羡金钗候汤眼，可能萧寺略追陪。"

18 候汤：点茶专有名词，指把水烧开。

19 鱼蟹：指鱼眼蟹眼，烧水专用术语，即像鱼眼、蟹眼那么大的水泡。蟹眼小，鱼眼大，对应沸水的不同温度。

20 虚授：将东西赠给德才不相称的人。

诗歌大意

我生来有什么需求？一吃饱就什么念想都没有了。

为什么要在方丈室饮茶？养一养肌肤以及口舌罢了。

近来体弱多病，过午稍微吃点就咽不下去。

枉为淮海大帅，却每每都愧对大家，连个吃饭歇脚的馆舍都没有。

纯洁的人对饮食没有欲望，奉命出差的人要避开内热。

不要懊恼赤色印，这是从远方寄来的紫色茶饼。

我多想为你杀小羊小猪，载歌载舞地过个端午。

屋后的禅窗多么美丽，蜀井之水清洁甘冽，如同冰雪。

在座的都是投缘对味的人，亲手洗干净茶具。

金钗添炭候汤，冒鱼眼蟹眼都有一定的方法。

这样一来，色香味就都有了，一天内三绝齐备。

好让你知晓，你的好茶没有送错人，你知道我喝茶从来不随便。

宋茶美学的核心：三不点

宋代胡仔《苕溪渔隐丛话》里把欧阳修《尝新茶呈圣俞》里的两句话特别挑拣出来，加上苏轼《到官病倦，未尝会客，毛正仲惠茶，乃以端午小集石塔，戏作一诗为谢》四句茶诗，简明扼要地点出了宋茶的美学核心。

六一居士《尝新茶呈圣俞》诗云："泉甘器洁天色好，坐中拣择客亦佳。"东坡守维扬，于石塔寺试茶诗云："禅窗丽午景，蜀井出冰雪。坐客皆可人，鼎器手自洁。"正谓谚云"三不点"也。

结合欧阳诗、苏诗的共同点可以看出，所谓"三不点"具体是指茶不好不点、景色不好不点、来的人不适合不点。反之，就是"三好"，这"三好"指的是好茶、好景与好人。好茶部分包含了茶新、水甘、器洁，好景部分包含了好天气、好地方、好环境，好人部分就专门指来饮茶的嘉客。假如这三者中有一样达不到要求，喝茶的氛围与境界就要大打折扣。

我们从"三好"角度，先说欧阳修的《尝新茶呈圣俞》。

"万木寒痴睡不醒，惟有此树先萌芽。乃知此为最灵物，宜其独得天地之英华。"

这说的是茶好。在欧阳修的时代，茶贵新，京师喝的茶，要早，要快，二月的茶，三月就要喝到。欧阳修在《和原父扬州六题·时会堂二首》中也说了差不多的意思："积雪犹封蒙顶树，惊雷未发建溪春。中州地暖萌芽早，入贡宜先百物新。"

欧阳修泡茶的水也非常讲究，常用从无锡运来的惠山泉。他不仅自己用，还把惠山泉当作绝佳的礼品送给友人。欧阳修的《集古录》要刻石，请书法家蔡襄写序，欧阳修以松鼠须栗尾笔、铜绿笔格、大小龙茶、惠山泉等物为润笔费。蔡襄非常开心，以为清雅而不俗——当时的润笔风气不太好，有些人还直接上门要钱。后来欧阳修又收到清泉石炭一箧，蔡襄得知后打趣道："这石炭来得太迟，让我的润笔费少了此等佳物。"后来，欧阳修还是为蔡襄送去了石炭。

惠山泉在茶圣陆羽品第后，非常有名，从唐到清，天下名泉榜首位置换来换去，只有这个天下第二泉雷打不动。欧阳修爱惠山泉的雅好，也影响了周边的人，比如苏轼，他也时不时要用惠山泉来泡茶，以体现自己的品位。

欧阳修将其对水的认知，写成了《大明水记》与《浮槎山水记》，其中有他自己很独特的见解。欧阳修在茶与水上，是一位承上启下的人物，影响了士大夫的审美。

关于茶器，欧阳修虽着笔不多，但充满了雅趣。在《和梅公仪尝茶》中写到建盏："溪山击鼓助雷惊，逗晓灵芽发翠茎。摘处两旗香可爱，贡来双凤品尤精。寒侵病骨惟思睡，花落春愁未解酲。喜共紫瓯吟且酌，羡君萧洒有馀清。"梅尧臣在写给欧阳修的《次韵和永叔尝新茶杂言》里，同样提到了建盏：

"清明才过已到此，正见洛阳人寄花。兔毛紫盏自相称，清泉不必求虾蟆。"作为好友，梅尧臣非常认可欧阳修的品位："欧阳翰林最别识，品第高下无欹斜。晴明开轩碾雪末，众客共赏皆称嘉。"

对好景的鉴赏，欧阳修留下了大量今人耳熟能详的名篇，诸如《醉翁亭记》《偃虹堤记》《丰乐亭记》《菱溪石记》等。

欧阳修身边会缺好人吗？

他可是被誉为古往今来最大的伯乐，眼光老辣，知人善用，唐宋八大家里头，苏轼、苏辙、曾巩等人皆出于其门下，苏洵与王安石也因受欧阳修的推崇而得以崭露头角，其他名士还有包拯、文彦博等人，都与欧阳修交往密切。《宋史·欧阳修传》评价其"奖引后进，如恐不及，赏识之下，率为闻人"。

像欧阳修这般的文坛领袖，身边梅尧臣、蔡襄一类的才子云集，喝茶自然不用考虑人选问题。要喝茶，要懂茶，更要会写茶。所以欧阳修在《尝新茶呈圣俞》的最后告诫说，那种吃着茶却闹哄哄嚷着要饮酒的人，就好比听着雅曲却想着勾栏，实在煞风景。

欧阳修在《于役志》里描述了与东京诸多才子的交往，有人烹茶，有人鼓琴，有人作诗，有人写字。他在洛阳更是出没于各种雅集，日子过得精彩纷呈，到了滁州，纵情山水，滁州因他一篇《醉翁亭记》而名动天下。他到颍州，颍州西湖横看竖看都好，"轻舟短棹西湖好"，"春深雨过西湖好"，"画船载酒西湖好"，"群芳过后西湖好"，"平生为爱西湖好"……最后，他终老颍州。

《尝新茶呈圣俞》细说茶的美境，又讲了茶挑剔的一面，人在选茶，茶也在选人。

元祐七年（1092）端午，57岁的苏轼在扬州知州任上，朋友毛正仲寄来了新茶，他便在扬州名刹石塔寺设茶席款待朋友。

《到官病倦，未尝会客，毛正仲惠茶，乃以端午小集石塔，戏作一诗为谢》一诗，前面部分讲的都是苏轼自艾自怜，诉苦说自己穷吃不起、病吃不进，还亏得毛正仲寄来一饼青黑色的茶。

苏轼看到这饼茶，感觉更饿了，这茶水恰好是消食之用。宋人朱弁笔记《曲洧旧闻》记载了苏轼羊羔配茶的经验之谈，即饱餐精致美食后，以庐山玉帘泉水泡曾坑斗品茶："烂蒸同州羊羔，灌以杏酪，食之以匕不以箸……荐以蒸子鹅，吴兴庖人斫松江鲙，既饱，以庐山康王谷帘泉，烹曾坑斗品。"

在石塔寺，有好茶、好器，也有好水，蜀井在禅智寺，井水甘寒清轻，堪比冰雪水。还有嘉客，苏门四学士晁补之写了一首诗《次韵苏翰林五日扬州石塔寺烹茶》。当然也少不了石塔寺的戒公长老，几杯茶后，苏轼劝住了要弃石塔寺而回西湖的戒公长老。

欧阳修、苏轼倡导并践行的茶诗"三好"书写法则，实则影响了有宋一代。

茶在文人的笔下，已经是判定雅俗的分界点。这样的观点，到宋徽宗写出《大观茶论》时，已经变成了"喝茶便雅"，连皇帝都号召有钱人多喝点茶脱脱俗气，致使"天下之士，励志清白，竞为闲暇修索之玩，莫不碎玉锵金，啜英咀华，较筐箧之精，争鉴裁之别"。即天下士人，立志要树立清白品位，争先恐后地将茶作为闲暇游戏，他们碾茶、点茶、买茶，争相比较茶叶包装的精巧，品评判别茶叶的高下。

与唐代不一样，因为皇家的积极提倡，宋代的喝茶多了许多政治因素，茶业也取得了很大的发展。茶艺在皇室中成为与琴棋书画并列的艺术形式。皇家不仅有专供的北苑茶园，还在宫廷中设有专门的茶事机关，也为茶定制了专门的礼制，就连皇帝的赐茶，也成了皇家与臣子、外族的一种重要沟通媒介。茶媒到了民间，则出现在重大事件上，比如乔迁、待客、订婚、结婚、送葬、祭祀等都看得到茶媒之隆重。

欧阳修在其为蔡襄的《茶录》作的后序中写道，茶是物之至精，小龙团又是精华中的精华。蔡襄首创龙团，获得了宋仁宗的认可，但这么珍贵的茶，即便是近臣也未获得过赏赐。后来少数有机会获得一饼的重臣，把龙团像宝贝一样收藏起来，有嘉宾到访的时候，才请出来赏玩一番。欧阳修从政二十余年，才获得皇帝赏赐的一饼，足见其珍贵。

欧阳修的《双井茶》与《尝新茶呈圣俞》一样，都是从茶的产地与时令讲起，说茶之珍贵与它关联起的人情世故。

> 西江水清江石老，石上生茶如凤爪。
> 穷腊不寒春气早，双井芽生先百草。
> 白毛囊以红碧纱，十斤茶养一两芽。
> 长安富贵五侯家，一啜犹须三日夸。
> 宝云日注非不精，争新弃旧世人情。
> 岂知君子有常德，至宝不随时变易。
> 君不见建溪龙凤团，不改旧时香味色。

先言产茶的地方妙不可言，再说茶的奇形怪状，像凤爪。接着就是赞扬茶比百草早，读到这里会恍然大悟，写双井茶早与写建安茶早都是一样的方式，甚至词汇都所差无几。"白毛"指的是茶芽上的白毫，赠送此茶时要用红碧纱包裹，可见双井茶之珍贵。十斤茶养一两芽，标准高。在富贵人家，茶韵绕梁三日不绝。在宝云茶与日铸（注）茶的陪衬下，双井茶更是要与那龙凤团比一比。这种烘托手法，在今天的茶商文案中比较常见。

当然，带来好茶与好词传统的，还有李白的《答族侄僧中孚赠玉泉仙人掌茶》：

> 常闻玉泉山，山洞多乳窟。

仙鼠如白鸦，倒悬清溪月。

茗生此中石，玉泉流不歇。

根柯洒芳津，采服润肌骨。

丛老卷绿叶，枝枝相接连。

曝成仙人掌，似拍洪崖肩。

举世未见之，其名定谁传。

宗英乃禅伯，投赠有佳篇。

清镜烛无盐，顾惭西子妍。

朝坐有馀兴，长吟播诸天。

　　首先是产茶的地方很奇妙：是一个寺庙附近的乳窟，这个乳窟里不仅有玉泉，还有饮玉泉为生的仙鼠（即千年蝙蝠），还丛生着碧玉般的茗草；其次，突出那里的水好，由物及人，有一位八十多岁的老人家，因为常年喝玉泉，居然艳如桃李。

　　接下来就好理解了，奇特的地方、养生的水，生长出来的茶自然非同寻常，竟然"拳然重叠，其状如手"，连茶都长成人样了。李白知道他是第一个为此茶作传的人，意图也很明显："后之高僧大德，知仙人掌茶发乎中孚禅子及青莲居士李白也。"

　　与陆羽开创那种百科全书式的博物学写法不同，触手可生春的大才子赋予了茶另一种审美。李白未必懂茶，但懂茶的高僧大德未必有李白之才华，鉴于青莲的才华与自信，他一出手，必是佳作，那这"仙人掌茶"名扬天下、百世流芳就不在话下了。时至今日，仙人掌茶依旧是湖北当阳一带的特产，活在许多人的口舌之间。

茶有两套书写系统，一套是茶的绝妙好词，由李白、欧阳修、苏轼等人倡导形成，聚焦于茶之三好，即好景、好茶与好人，侧重审美；另一套是茶的百科全书式研究，由陆羽、蔡襄、赵佶等倡导形成，要穷尽茶的方方面面，格物致知，侧重教化。

于前者而言，产茶的地方一定就是好山好水（名山大川、气候宜人宜物），喝茶的地方也是名胜风景（幽林小筑亦佳），饮的都是好茶（水灵、具精、茗上乘），来的都是好人（嘉客、佳人）。于后者而言，说茶一定要从产地、气候、制法、泡法、饮法等层面纵深讲起，最后托物言志，评价茶有助于改善社会风气。

唐宋以来在茶里形成的审美与教化，在明代得到了很好的承袭。朱权在《茶谱》里说，饮茶环境，"或会于泉石之间，或处于松竹之下，或对皓月清风，或坐明窗静牖"，手里有茶杯，与来的人清谈闲谈，说虚无玄妙之论，心神便从世间抽离。饮茶能让人脱俗忘尘。

明代陆树声在其饮茶心法《煎茶七类》[1]中，第一部分规范

1《煎茶七类》由陆树声撰写，但长期挂在徐渭名下，徐渭版不过略微改动了某些字句。

了人品，强调了人品要配得上茶品，饮茶之人得是才识出众的高流、品格高尚的隐士和有大志向之人。第二部分说泉水，论调多沿袭前人。第三部分讲泡茶与饮茶规范。到了第五部分，就开始放飞，强调饮茶环境："凉台静室，明窗曲几，僧寮道院，松风竹月，晏坐行吟，清谈把卷。"嘉客是些什么人？文人墨客，高僧大德。

冯可宾在《岕茶笺》中总结出的品茶的"十三宜"和"七禁忌"，可以视为明代茶人在审美上的总结。"十三宜"是无事、佳客、幽坐、吟咏、挥翰、徜徉、睡起、宿醒、清供、精舍、会心、赏鉴、文僮。"七禁忌"为不如法、恶具、主客不韵、冠裳苛礼、荤肴杂陈、忙冗、壁间案头多恶趣。

陆羽写《茶经》，赋予了茶雅正的一面，认为人通过饮茶，可以提升修养。茶道艺术在宋代达到顶峰，成为一门可以比肩书法、绘画、古琴的艺术。到了明代，随着禅学、心学的深入人心，日常道俘房了很多人，文人便在劈柴担水的日常中修行，茶道艺术变成日常雅玩，文人茶成为士人生活里不可或缺的东西。

这种雅玩的日常化，眼下正在华夏大地再次复兴，许多人也希望通过茶发现一个审美的中国。

◎ 九日，寻臻阇黎[1]，遂泛小舟，至勤师院，二首

白发长嫌岁月侵，病眸[2]兼怕酒杯深。

南屏老宿[3]闲相过[4]，东阁[5]郎君懒重寻。

试碾露芽[6]烹白雪[7]，休拈霜蕊[8]嚼黄金[9]。

---

1 阇（shé）黎：梵语 acarya "阿阇黎（梨）"，意为高僧，也泛指僧人、和尚。

2 病眸：病眼，病根。

3 老宿（sù）：指年老而资深的人。这里指释道中年老而有德行者。《北史·齐平秦王归彦传》："归彦曰：'元海、乾和，岂是朝廷老宿？'"宋惠洪《冷斋夜话·靓禅师诗》："靓禅师，有道老宿也。"

4 相过：互相往来。

5 东阁：东厢的居室或楼房。也是古代宰相款待宾客的地方。

6 露芽：茶的嫩芽。宋梅尧臣《答宣城张主簿遗鸦山茶次其韵》："纤嫩如雀舌，煎烹比露芽。"

7 白雪：指点茶时候汤碗里泛起的沫饽。宋韦骧《又借前韵谢惠茶》："点疑白雪盈瓯泛，啜恐清风两腋来。"

8 霜蕊：白色的菊花。宋苏轼《送颜复兼寄王巩》："苦恨相思不相见，约我重阳嗅霜蕊。"

9 黄金：黄色的菊花。唐黄巢《不第后赋菊》："冲天香阵透长安，满城尽带黄金甲。"宋人有秋日簪黄菊花、设菊宴的时俗。宋代《乾淳岁时记》记载："都人是日饮新酒，泛黄簪菊，且各以菊糕为馈，以糖肉秫面杂物为之。"

扁舟又截平湖去，欲访孤山支道林[10]。

湖上青山翠作堆，葱葱郁郁气佳哉。
笙歌丛里抽身出，云水光中洗眼[11]来。
白足赤髭[12]迎我笑，拒霜黄菊为谁开[13]。
明年桑苎[14]煎茶处，忆著衰翁首重回。

---

10 支道林：支遁，字道林，东晋高僧、名士，善清谈。今天浙江新昌一带，列支遁为茶祖。

11 洗眼：苏轼为《游径山》"问龙乞水归洗眼，欲看细字销残年"一处做注，说龙井水洗眼病有效。后来苏轼又作《再游径山》，有句云"灵水先除眼界花，清诗为洗心源浊"，又补记："龙井水，洗眼有效。"

12 髭：嘴上边的胡子。白足赤髭，形容有道行的僧人。南朝梁慧皎《高僧传·佛陀耶舍》："耶舍为人赤髭，善解《毗婆沙》，时人号曰赤髭毗婆沙。"又《神异下·释昙始》："昙始足白于面，虽跣涉泥水，未尝沾湿，天下咸称白足和尚。"

13 重阳过后，就是霜降。宋李处权《桐庐道中九日逢子公》："雁下紫英能自好，霜前黄菊为谁开。"

14 桑苎：本义是桑树与苎麻，这里指唐代茶圣陆羽，他的号为"桑苎子"。苏轼自注："皎然有《九日与陆羽煎茶》诗，羽自号桑苎翁。余来年九日去此久矣。"

诗歌大意

　　在岁月的侵蚀下白发越来越长，有病根的人最怕喝大酒。

　　南屏山的高僧闲时与我互相往来，我也已经懒得去重寻居于庙堂的贵人们。

　　试着把细嫩的茶芽碾碎后煮出沫饽，不用手搓白菊花也不用口嚼黄菊花。

　　小舟又被拦截到平湖，想去孤山拜访高僧大德。

　　湖山、青山的翠色就像堆砌在一起似的，葱葱郁郁，景气上佳。

　　从一片笙歌声中抽身出来，在云水光中好好洗洗眼睛。

　　得道高僧大笑着迎接我，霜降前的黄菊为谁而开？

　　明年陆羽煎茶的地方，老翁我会记得再回来。

不入东阁，来饮茶舍

九月九日，重阳节，要登高望远，赏菊花，饮菊花酿的酒。

苏轼在那一年的重九选择游船访高僧，在寺院也不用喝应酬酒，看人颜色。

煮煮茶，听听松风，青山如翠，郁郁葱葱，也不用挂念菊花白还是黄，从俗世的宴会抽身出来，在一碗茶里，端平俗世之人与出世之人。

这首诗里，苏轼用了两个典故。

第一个典故"东阁"与李商隐有关。

李商隐写过一首很有名的诗《九日》，说的是他在重阳节这天，去拜祭老师令狐楚的事。

> 曾共山翁把酒时，霜天白菊绕阶墀。
> 十年泉下无消息，九日樽前有所思。
> 不学汉臣栽苜蓿，空教楚客咏江蓠。
> 郎君官贵施行马，东阁无因再得窥。

李商隐写这首诗的时候，他的老师令狐楚已经离世十年，他到令狐家拜访令狐楚的儿子令狐绹时，遭到了冷遇，于是他便写了这首诗。李商隐早些年投身在令狐楚的门下，后者对他多有提携。

令狐绹也一度视李商隐为自己最好的朋友，帮助他取得科考的功名。李商隐多次落第后，正是令狐绹写信给主考官高锴求帮忙，才让高锴注意到有李商隐这个人。高锴曾经问令狐绹："你所结交的朋友中，谁是与你最相好的？"令狐绹一听，想都没想，张口就说："李商隐！李商隐！李商隐！"

根据唐代的行卷制度，考生如果不能在考试前获得主考官青睐，是没有办法获得进士的。2023年热门动漫《长安三万里》里，王维就通过行卷，获得了玉真公主青睐，而后才中了进士。而行卷不成功的高适，只能回家等机会。

进士及第后的李商隐，在令狐楚去世后，投身到王茂元门下，娶了后者的女儿，此举严重伤害到了令狐家。李商隐遭到了很多人的指责，他们认为这是叛变行为。在夹缝中生存的李商隐，没有过好他那一生，他的诗也变得隐晦而不可揣摩。

李商隐改门楣，叛出师门，没过好；想重归师门而不得，于是被两股力量绞杀，郁郁寡欢。但换个说法，难道不就是此处不行，换个地方？能够同时得到两派党魁的认可，说明李商隐诗才在；但两处都做不好，说明他吏才不行。有诗才而非能吏，才是李商隐的悲剧。

唐代党争激烈，令狐楚属于牛党，王茂元是李党。

唐代牛李党争，是以牛僧孺、李宗闵等为领袖的牛党与李德裕、郑覃等为领袖的李党之间的争斗。这场斗争从唐宪宗时期开始，到唐宣宗时期才结束，持续时间将近 40 年，唐武宗时，李党达到鼎盛，牛党纷纷被罢免；唐宣宗的前期，李党纷纷被贬谪到地方为官。

党争在宋代同样激烈，苏轼反对王安石变法，被贬出京城。与唐代相比，宋代党争其实不至于要人命，在野党去地方，在朝的守中央。

苏轼在另一首重阳诗《九日次韵王巩》里，同样提到李商隐这个事。

> 我醉欲眠君罢休，已教从事到青州。
> 鬓霜饶我三千丈，诗律输君一百筹。
> 闻道郎君闭东阁，且容老子上南楼。
> 相逢不用忙归去，明日黄花蝶也愁。

王巩，字定国，是苏轼的好友。他因为受乌台诗案的牵连，被贬到岭南。

为什么屡次要提李商隐这个事呢？李商隐因为党争，一辈子都不得志。苏轼自己也因为党争以及乌台诗案，从未得志，一辈子辗转飘零。

从古到今，文人一直被两个问题困扰，一是不得志，二是穷。经济上，苏轼还好，他有一个贤惠能干的母亲，让他自幼便过着衣食无忧的生活，后来也没有过过太穷的生活。

另一个典故是皎然与陆羽的饮茶故事。

皎然也有写重九的诗，《九日与陆处士羽饮茶》：

九日山僧院，东篱菊也黄。

俗人多泛酒，谁解助茶香。

皎然是湖州人，与陆羽是诗友、茶友，他们经常在湖州雅集，与颜真卿、张志和等人一道形成了唐代特有的茶友圈。皎然还有诗作《寻陆鸿渐不遇》："移家虽带郭，野径入桑麻。近种篱边菊，秋来未着花。扣门无犬吠，欲去问西家。报道山中去，归时每日斜。"

苏轼是多想去找皎然与陆羽喝一杯茶，远离这世间的功名之路啊。

幸好他也有位高僧茶友梵臻，可以与他在一起喝喝茶，赏赏花。这位梵臻是位点茶妙手，多次出现在苏轼的诗中，成为文学里不断被缅怀的对象。

◎ 送南屏谦师

南屏谦师妙于茶事。自云："得之于心，应之于手，非可以言传学到者。"十二月二十七日，闻轼游寿星[1]，远来设茶，作此诗赠之。

道人[2]晓出南屏山，来试点茶三昧手。
忽惊午盏兔毛斑，打作春瓮鹅儿酒[3]。
天台[4]乳花[5]世不见，玉川风腋今安有。

---

1 寿星：即寿星院，五代时期吴越国所建，在西湖下葛岭旁，与净慈寺隔湖相对。宋潜说友《咸淳临安志》"寿星院"条目："在葛岭，天福八年建，有寒碧轩、此君轩、观台、杯泉，东坡皆有诗。"

2 道人：魏晋至隋唐，称呼佛教徒为"道人"（他们自称"贫道"），而称呼道教徒为"道士"。《南齐书·顾欢传》："道士与道人战儒墨，道人与道士狱是非。"《南史·陶弘景传》："道人与道士并在门中，道人左，道士右。"

3 鹅儿酒：一种颜色像刚孵出的小鹅的美酒，这里主要是指颜色，鹅儿黄，嫩黄带绿，通常指樱草色，常用来形容刚发芽的柳树。唐杜甫《舟前小鹅儿》："鹅儿黄似酒，对酒爱新鹅。"

4 天台：即浙江天台山，《天台山志》里说，葛玄在这里种茶。唐人徐灵府在《天台山记》中称："松花仙药，可给朝食；石茗香泉，堪充暮饮。"

5 乳花：点茶专有名词，指点茶时所起的乳白色泡沫。

先生有意续《茶经》，会使老谦名不朽⁶。

又赠老谦

泻汤⁷旧得茶三昧，觅句⁸近窥诗一斑⁹。
清夜¹⁰漫漫困披览¹¹，斋肠那得许悭顽¹²。

---

6 名不朽：写文章获得不朽之名。三国魏曹丕《典论·论文》："盖文章经国
之大业，不朽之盛事。"

7 泻汤：这里指茶汤。

8 觅句：指诗人构思。

9 一斑：比喻事物的一小部分。《世说新语·方正》："晋王羲之之子王献之尝
观其父门生聚赌，见有胜负，曰：'南风不竞。'门生曰：'此郎亦管中窥豹，
时见一斑。'"意谓如从竹管孔里看豹，只能见到一点斑纹而已。

10 清夜：清净的夜晚。

11 披览：批阅书目。

12 悭（qiān）顽：顽强坚定。

诗歌大意

送南屏谦师

南屏谦师梵臻妙于茶事。他说："得之于心，应之于手，不是言传身教就能学到的。"十二月二十七日，听闻我在寿星院游玩，他便前来点茶，故特意写了一首诗送给他。

梵臻和尚早上就从南屏山出来，来展演他的"点茶三昧手"。

忽然惊叹建盏的兔毛斑，打出了酒瓮里鹅儿黄的颜色。

葛玄在天台山求仙问道，所饮的茶世人已见不到了，卢仝的腋下生风今天哪里还有呢。

我正有意续写一本《茶经》，定会让老谦你名声不朽啊。

又赠老谦

曾经从茶汤中得到过茶的三昧，而最近构思新诗也管窥出了诗的韵味。

清夜漫漫，阅书时渐有困意搅扰，吃斋的肠子哪还能那么顽强坚定？

点茶的最高境界：三昧手

清代赵翼在《瓯北诗话》里说东坡诗如行云流水，又说其开大放厥词之风范。世人多有东坡故事流传，关注点在苏轼的用心。

用赵翼的话说，就是好营造。每到一地，必有动作，比如杭州的苏公堤，惠州的东新桥、西新桥、香积寺等。今日此风日盛，盖自名流传统。大街小巷，无不有文人墨客之手笔，只是比起苏公来，气象已异。不过，苏虽有好名之嫌，却不乏固物济人之心，可今人只有"拿人钱财替人消灾"之意。

在日常生活中，归在苏轼名下的物什有不少，苏东坡做的肉叫"东坡肉"，苏东坡烧的鱼叫"东坡鱼"，苏东坡沏的茶叫"东坡茶"，苏东坡用的茶壶叫"东坡提梁壶"，苏东坡酿的酒叫"东坡酒"，苏东坡吃的点心叫"东坡饼"，苏东坡用的砚台叫"东坡砚"……

好营造之习，让苏东坡身上有一股世俗的可爱的精神，他善于自我嘲讽也勇于自己嘲讽，在历代文人中是罕见的，这点使他显得与众不同，深受老百姓的喜欢。现在就连不喝茶的人，也知道"欲把西湖比西子""从来佳茗似佳人"是东坡写的，影响力可谓广矣。窃以为，唯一能与卢仝《七碗茶诗》比名气的也就是"从来佳茗似佳人"了。

苏轼的《送南屏谦师》讲了一种泡茶的境界。

元祐四年（1089），苏轼出任杭州太守，这是他第二次出任杭州。有一天在西湖北山葛岭寿星院以茶会友，当时住在南屏山净慈寺的南屏谦师闻讯赶去拜会，现场露了一手点茶的绝活儿，令苏轼叹为观止，直呼"点茶三昧手"。

南屏山，峰高百米，位于西湖之南，玉皇山北，九曜山东。《咸淳临安志》记载："南屏山，在兴教寺后，怪石秀耸，中穿一洞，上有石壁若屏障然。"

净慈寺内每有钟声初动，清越悠扬，"传声独远，响入云霄"，回荡在群山之间，故有"南屏晚钟"之意境。南屏山上有净慈寺与兴教寺，北宋时兴教寺衰落，净慈寺兴旺。

高僧梵臻先后于兴教寺与净慈寺开讲席，博闻强记，辩才无碍，苏轼称赞他："凡经史群籍有遗忘，即应声诵之。"梵臻多次出现于苏轼笔下，在他人的记载中，苏轼与梵臻交情匪浅。

《送南屏谦师》是有感而发的诗作，这是规格很高的一次茶会了，兔毫黑盏，上佳的天台乳花茶，在座的诸位又都是"可人"。而"三昧手"经过苏轼一说，从此成为点茶高手的代名词。

"三昧"一词出自梵文，本是佛教的修行方法之一，意为排除一切杂念，使心神平静，成语"此中三昧"说的就是艺术的根本奥妙。

这里的"三昧手",指的是在调膏、注水、击拂三方面都是高手。宋代饮茶风格与唐朝不同。在唐朝,是直接将茶放入釜中熟煮,再进行分茶;在宋代,则是先将饼茶碾碎,筛罗过一遍之后选取其中极细的茶末入茶盏中,用沸水将茶末调和成黏稠的油膏之状(调膏),之后再将沸水冲入茶膏(注水),用"茶筅"搅动,使茶末上浮泛起汤花,形成粥面,这个过程称为"击拂",最后以茶汤的汤花来看茶的冲泡效果。

点茶过程是一系列连贯的动作,要求"点茶人"(泡茶人)有很强的控制力,心到、眼到、手到,整体形象要严谨端庄,动作又要求潇洒自如,看茶人也要聚精会神,细观茶汤之变幻聚散。也就是说"点茶人"好比两军对垒中的统帅角色,要求大局与局部并重,既要点好茶,又要照顾到观看者的眼睛,对局面的控制、进行的节奏都要有很高超的掌控能力。

按照苏轼的茶语境,能博得"三昧手"的称号,实属不易,因为苏轼本身也是一位泡茶高手。在诗的"序"中,苏东坡说"南屏谦师妙于茶事。自云得之于心,应之于手,非可以言传学到者",说得真是妙。倘若回到当时杀气腾腾的斗茶现场,不妨揣度,也许苏轼也亲自露了一手,不过输给了这位高手南屏谦师。

照例,《送南屏谦师》依旧向卢仝、陆羽致敬,但最后一句"会使老谦名不朽",还是把李白那招茶书写的秘密泄露了出来,仅仅喝茶还不行,还得写茶才能获得美名。

南屏谦师遇到了苏轼也是幸运的。多年前，仙人掌茶遇到李白便名垂千古，现在该轮到南屏谦师名垂千古了。这是一个有趣的互动，当年的僧人邀请李白作诗，现在的南屏谦师主动前来泡茶，目的都只有一个，他们面对的都是古往今来数得出的大文豪。物也好，人也好，只要能留下其名，都是值得的，更何况，是那么喜欢营造的苏轼？

寺院中的泡茶高手，宋代多有记录。托名于陶谷的《清异录》里讲道："吴僧文了善烹茶，游荆南，高保勉白于季兴延置紫云庵，日试其艺，保勉父子呼为汤神。奏授华定水大师上人，目曰乳妖。"

过了些年，南屏谦师还活在苏轼的记忆里，苏轼又写了《又赠老谦》。

因为有南屏谦师这样的高僧坐镇，又有苏轼这样的才子鼓吹，后来的净慈寺成为高僧茶艺水平的一个巅峰代表。到了南宋的时候，日本高僧大应国师南浦绍明入宋求法，专门跑到杭州净慈寺参谒当时的住持虚堂智愚禅师，以便学习茶艺之道。

南浦绍明于宋咸淳三年（1267）辞师回国后，广泛传播饮茶之道和茶艺之技，打败了日本大德寺的大灯法师，为日后日本茶道的传播开了很好的头。而"三昧手"，无论在中国还是日本，都用来指代茶艺高超。

在这里，回顾一下陆羽对泡茶的看法。

《茶经·五之煮》里讲到烧水的问题："其沸如鱼目，微有声，为一沸；缘边如涌泉连珠，为二沸；腾波鼓浪，为三沸；已上，水老，不可食也。"热水分为三沸，在没有温度计的时候，判断水温全凭经验，今天也有"响水不开"之说，意思就是要等到沸腾声过了，水才算达到沸点。陆羽在水中加盐巴调味，是为了增加甜度，现在许多卖水果的也会撒一点盐水，加盐行为在宋之后的以清饮为主的品茶中再难看到，因为宋茶的做茶法，已经很鲜了。现在日本抹茶，有股浓烈的海苔味，就是茶本身带来的鲜爽感。

唐代烧水在第一沸的时候，要注意去沫，这点常做菜的人比较容易取得共识，大量的水沫需要不时舀出，就算不做饭，吃火锅的时候也会经常遇到。二沸的时候，陆羽谈到要"育华"，实际上是搅拌降温，防止水过烫而影响茶，介于沸水与熟水之间。泡茶一段，陆羽的描写非常美，可惜文言翻译成白话文韵味全失。

斟茶汤入碗时，要让沫饽均匀。《字书》并《本草》说，饽，是茶沫。沫饽是茶汤的精华。薄的叫沫，厚的叫饽。细轻的叫花，就像枣花漂于环池之上。又如回潭拐弯处青萍初生。又如晴天爽朗，有浮云鳞然。沫，就像绿苔浮于水面，又如菊英落于酒杯之中。饽，是用茶滓煮出来的，沸腾时茶沫不断积压，白白的一层像积雪一样。《荈赋》所谓"焕如积雪，烨若春敷"，就是这样啊。

泡出来的茶汤，以第一碗最为味长，是谓"隽永"，然后就是一个递减的过程，一般茶泡到第五碗就不能再泡了。要是有十多人，则要加两炉。意思就是，平常饮茶之人，是以三五个最佳。在《茶经·六之饮》中陆羽强调说，茶与解渴的水不一样。陆羽也说了，要解渴就去喝水，要解忧愁就去喝酒，要清醒头脑嘛，就来品茶略。他再一次申明，品茶不比喝酒，图闹，品茶之时，人是越少越好。这是因为："茶性俭，不宜广，广则其味黯澹。且如一满碗，啜半而味寡，况其广乎？"

在宋代，陆羽说的这种煎茶法还在，苏轼也经常约三五好友喝煎茶。说到底，煎茶相对不麻烦。好比现在茶水分离的工夫茶，尽管已经深入人心，但泡起来难免麻烦，许多人还是会继续选择把茶丢进壶里，浸泡着喝。这几年，闷泡普洱熟茶、白茶都很时髦。我的经验是，容量2升左右的保温壶，投茶三四克，闷泡约3小时，味道异常诱人，也特别适合三四人办公的小环境。这些年，我就是靠这个闷泡法，吸引了不少老茶客。

我的朋友小黑才送我茶水分离的杯子没多久，接着又送我闷泡茶杯，时尚来得太快，在一线卖茶的人总要快速做出调整。过去送我传家壶的老孔，经常被人打击壶卖得太贵。但这一年，传家壶却因为闷茶流行而走俏，这谁想得到？

◎ 次韵周穜惠石铫

铜腥铁涩不宜泉，爱此苍然深且宽。

蟹眼翻波汤已作，龙头拒火柄犹寒。

姜新盐少茶初熟，水渍¹云蒸²藓³未干。

自古函牛⁴多折足，要知无脚是轻安⁵。

---

1 水渍：水痕。

2 云蒸：热气腾腾。

3 藓：苔藓类的植物，绿色，常生长在阴湿地。

4 函牛：能容纳一头牛，指大鼎。《淮南子·诠言训》："夫函牛之鼎沸，而蝇蚋弗敢入。"

5 轻安：轻健安康。罗大经《鹤林玉露》卷十一："朱文公有足疾，尝有道人为施针熨之术，旋觉轻安。公大喜，厚谢之。"

诗歌大意

铜腥铁涩，用来做茶壶都不适合山泉，石质的壶却最适宜。

我爱这青黑色，爱其又深又宽容水多。

这壶啊，煮水时蟹眼翻滚却不烫手，只因为它的龙头与火有距离，另一边的手柄还有些寒呢。

姜是新的，盐稍微放了一点，茶刚好熟，水痕初退、热气蒸腾的茶汤，就像湿润的鲜嫩苔藓。

从来大鼎都很容易折足，还是没有脚的石铫最是轻安。

石铫以及东坡提梁壶

《次韵周穜惠石铫》是苏轼比较有名的茶诗。

先说诗里的人。

周穜，字仁熟，江苏泰州人。他与苏轼交往，送石铫是佳话，启发了后世的制壶形式。但后来周穜与苏轼交恶，就非常有戏剧性了。

在郓州任教授的周穜，在王安石故去后，上书皇帝说，王安石神位可以入太庙配享神宗皇帝。配享就是功臣可以进皇家宗庙，享受和皇帝一样的香火待遇。

此举激怒了苏轼，他心目中的人选是富弼，于是他连写了两封折子，说周穜这个小人，太可恨可气了。同时苏轼请求自劾戴罪，为什么呢？

因为周穜从江宁府右司理参军调任郓州教授，就是苏轼举荐的。苏轼愤慨地说，这个周穜，如果在汉代，就属于擅议宗庙，应该当街杀头。他用了大量词语来形容周穜及其支持者，比如"虮虱""蝇蛆""佞奸小人""大奸""国之巨蠹""鬼蜮"。

宋代党争，看文字，还是比较激烈。现实自然更是，当然，不至于要人命，这也是宋代备受后世高歌的主因。

这个周穜后来投身蔡卞门下，蔡卞正是王安石的女婿，也有机会被皇帝召对。

再说诗里的器。

苏轼在《试院煎茶》中也写过石铫："且学公家作茗饮，砖炉石铫行相随。"用石铫煮茶，这是沿袭唐代的煎茶方式，只不过唐人用釜（或作鍑）来煮茶。唐代的煎茶法，就是把碾筛后的茶粉，投到开口锅里煮着喝，还要加一点盐。

釜就是锅，由生铁或瓷、石等材质做的，宋代也用。诗人陆游就是用釜的茶人："客至但举手，土釜煎秋茶。"王迈也有诗："一饱犹可谋，三釜已不逮。"

千年以来，饮茶法其实变化不大，除了点茶这样的潮流外，还保留着大量的其他饮茶法，这是读宋代茶文献尤其要注意的。

李纲在《山居四咏·其四　石铫》里，回应了苏轼所赞石铫的神奇之处，连使用的词句都差不多："谁刳（kū）苍玉事煎烹，形制深宽洁且轻。鬐（bì）沸未看浮蟹眼，飕飀（sōu liú）先听起松声。龙头豕（shǐ）腹徒嘲诮，铁涩铜腥费挈擎（qiè qíng）。多病文园苦消渴，煮泉瀹（yuè）茗正须卿。"

除了夸石铫深、宽、轻三大特点外，李纲还说了石铫的洁。"鬐沸"，说的是泉水涌出的样子。"飕飀"是象声词，形容风雨声。"挈擎"，形容抽取动作。"文园"指司马相如，他有糖尿病，古代传说茶是糖尿病的特效药。

苏轼使用的石铫是石材做的。遗憾的是，《汉语大辞典》的释义却说"石铫是陶制的小烹器"，也不知道从哪里得出来的结论。

石铫在宋代被广泛使用，因为煎茶法仍大行其道。马廷鸾在《谢龙山惠柱杖并求石铫四首·其四》里说："砖炉石铫竹方床，何必银瓶为泻汤。苦茗只堪浇菜肚，春风却负太官羊。"

啥意思呢？他说喝茶，何必要像点茶那样非要用汤瓶在砖炉上用石铫煮着喝，难道茶不香？这苦茶本来就是为了浇灌下吃素的肚子，莫让这春风辜负了太官羊。"菜肚"，是指吃素，苏轼经常用的词是"斋肠"，都是泛指吃得比较素，与饮茶行为比较登对。

同好之人会约在一起煎茶。方岳在《约鲁山兄》中写道："莫说寻芳已后时，春蔬解甲茗搴旗。松风石铫晴云碗，不是吾曹未必奇。"不要说这个时候寻春已经来不及，蔬菜才刚刚抽芽，春茶也才露出枪旗。我们就在松风下用石铫煮茶吧，如晴天里粼粼浮云的沸茶汤入碗，不是我们这伙人的话还未必称奇。

释慧空在《甘泉惠石铫郑才仲以诗见赏次韵酬之》中也说，一把石铫煎茶，人与群分。"老空煎茶器惟石，石有何好空乃惜。先生嗜好偶然同，我久眼中无此客。呼童活火煮山泉，旋破小团分五白。不嫌菌蠢赋龙头，便觉弥明犹在席。"

喜欢煎茶的人会认为石铫煎茶才有真味。张至龙在《题白沙驿》里讲："山泉酿酒力偏重，石铫煎茶味最真。"释仁钦在《灵岩十二景·其十　白鹤泉》里说："澄澄皎洁无增减，石铫煎茶味更全。"

石铫因为其古典的器形，影响绵延到现在。

东坡提梁壶，相传为宋代苏东坡所创制，这是真的吗？

这当然不可能是真的。

但是现在你到宜兴紫砂界走走，打听打听，大部分做壶的人都毫不怀疑地认为是苏轼发明了东坡提梁壶。这与我在普洱茶区遇到的情况很类似，当地人同样毫不怀疑地认为，是诸葛亮教会了他们种茶树。比起诸葛亮教会普洱人种茶，苏东坡发明东坡提梁壶似乎更靠谱，因为诸葛亮压根儿就没去过滇南一带，而苏东坡却是多次造访宜兴，不仅留下了大量的诗文，还有晚年在宜兴养老的计划。

孔明在普洱兴茶，东坡在宜兴兴壶，宜兴紫砂壶的再度兴起，与普洱茶产业的发展息息相关。宜兴周边现在都是知名绿茶茶区，而绿茶泡法的主要工具是搪瓷杯与玻璃瓶。

陈年老普洱的流行，让紫砂壶再次大放异彩。

我这几年，游走在普洱茶区与紫砂壶区，以人类学考察的方式大体搞清楚了一些事情，比如一个地方要发展自己的特色产业，都会拉上一个伟大的人物，诸葛亮、苏东坡都是这样的人。而这些伟大人物与当地的融合，也不是一朝一夕完成的。

东坡提梁壶的定型，源自 1933 年美国芝加哥博览会。为了参加这个博览会，当时宜兴陶瓷学校的校长王世杰召集宜兴各种手艺人、乡贤开集思广益大会，讨论展品题材。王世杰从日本留学回来，还用紫陶设计过泡咖啡的用具，是一个有世界眼光的人。

在这个座谈会上，有人聊起苏东坡与宜兴的故事，最后以清代画家任伯年的刻花卉提梁壶为样式，由汪宝根制作而成。这件作品最终获得了美国芝加哥世界工艺博览会优秀奖章，为紫砂赢得了荣誉。

但任伯年并非东坡提梁壶的创始者，第一个把东坡壶推开的，是清代画家尤荫，他说自己无意买到一把石铫，他自己考证下来，认为就是当年周穜送苏轼的那把，于是把自己的书房改名为石铫书房，还请人用紫砂仿制了多把石铫壶，自己也画了很多幅《石铫图》赠人，因为他的积极推广，石铫壶才得以流传。

尤荫的石铫壶影响了清代书画家陈曼生，陈曼生研发的石铫壶，为众壶之首，也是紫砂壶的灵感之源，自此开启了一个全新的紫砂时代，也说明了文化之于紫砂壶、之于地方的价值。

曼生石铫壶身铭文上说："铫之制，搏之工。自我作，非周穜。"铭文的意思是，这把壶的灵感来自周穜送苏轼的那把石铫，但已经有了改进。

我第一次见的曼生壶，是一把石瓢。

壶身铭文写道："不肥而坚，是以永年。"当时觉得好极了，我的朋友太俊林把这话引用作自己普洱茶企业的理念，企业名字就叫"永年茶业"。

◎ 次韵黄夷仲茶磨

前人初用茗饮时，煮之无问叶与骨。

浸穷厥味臼始用，复计其初碾方出。

计尽功极至于磨，信哉智者能创物。

破槽折杵向墙角，亦其遭遇有伸屈。

岁久讲求知处所，佳者出自衡山窟[1]。

巴蜀石工强镌凿[2]，理疏[3]性软良可咄[4]。

予家江陵[5]远莫致，尘土何人为披拂[6]。

---

1 衡山窟：宋代衡山有窑洞，在里面挖石头打磨成茶臼，中国茶叶博物馆有实物收藏。

2 镌凿：一种木工手凿，有一个扁薄的刃口。

3 理疏：纹理粗糙。

4 咄：怒斥。

5 江陵：指湖北荆州。

6 披拂：吹动，拨开。

诗歌大意

前人开始喝茶的时候，煮的时候都不会细分茶叶与茶梗。

泡到没有味道了才把茶臼拿出来使用，来来回回地碾很多次才再出味道。

想尽办法才想到了用茶磨把茶叶磨成茶粉，果然是智者才能创造出这样的东西啊。

茶磨一用，槽与杵就被放到墙角边上，它们的遭遇或许有好有坏。

时间用久了便会讲究个出处，茶磨最好的自然是出自衡山窟。

巴蜀那边的石工带着木工凿去强开石磨，纹理粗糙质地软，实在是要批评。

我家远在荆州，茶磨不能运达，但这尘土飞扬，又是为着什么人的到来？

茶磨在宋代的崛起

黄廉，字夷仲，洪州分宁（今江西省修水县双井村）人，北宋大文豪黄庭坚之叔父。

宋代点茶，对茶粉的要求很高，这就使得茶磨的地位也水涨船高。苏轼在《次韵黄夷仲茶磨》里点出了从茶臼、茶碾到茶磨的转变，夸赞这是智者的发明创造。确实，有了茶磨后，茶粉更加精细了。

茶粉越细，在点茶中的沫饽就越多，斗茶时候的胜算就越大。所以，宋代诗人，歌颂茶磨的诗不少。

宋自逊的《茶磨》描写得极为生动："韫质他山带玉挥，乾旋坤载妙玄机。转时隐隐海风起，落处纷纷春雪飞。圆体外通常不碍，贞心中立动无违。世间多少槐安梦，信手频推为解围。"

梅尧臣为茶磨写了两首诗，其一为："楚匠斫山骨，折檀为转脐。乾坤人力内，日月蚁行迷。吐雪夸春茗，堆云忆旧溪。北归惟此急，药白不须挤。"其二："盆是荷花磨是莲，谁砻磨石洞中天。欲将雀舌成云末，三尺蛮童一臂旋。"

黄庭坚有诗"山芽落硙（wèi）风回雪，曾为尚书破睡来"，他喜欢称磨为硙，《山谷集》"与赵都监帖二"条："耒阳茶硙，穷日可得二两许，未能足得瓶子，且寄两小囊。可碾罗毕，更熟碾数百，点得自浮花泛乳，可喜也。"黄庭坚本想把茶磨成粉，装在瓶子中寄给朋友，但数量不够一瓶，只能装成两小囊。

宋代大部分人都是送茶饼，而黄庭坚送茶粉。

为什么要寄茶粉呢？因为担心对方没有茶磨，或是没有好磨，真是走心。《山谷集》里《与逢兴文判官帖五》就说："比江南寄新茶来，味殊佳，恨未得同一烹。欲寄芽子去，恐邑中无善硙，不久硙成，求便寄上矣。"

点茶是非常麻烦的，因为需要配套的工具，从饼茶到茶粉需要细功夫。其实不要说点茶了，现在的紧压茶像普洱茶，要解块也需要专业的工具。我曾经送了一个沱茶给朋友，她惊恐地发现，在家里用锤子都没能很好地撬开，又把沱茶包在报纸里，在地板上猛捶，也没能很好地解开沱茶，最后她只能借助蒸汽。但蒸散后的沱茶，又不方便保存，只能快速消耗。我后来送普洱茶，都会成套地配备一些工具，比如茶针、盖碗，甚至是烧水壶。

从只送茶到送连带的茶具，体现的是从产品到生活方式的并进，如果还能诗文来往，就是卓越的生活家，审美领先。

黄庭坚送自己家乡茶的时候，没有忘记同步送茶磨。在《答王子厚书四》中，黄庭坚说："今分上去年双井，可精洗石硙，晒干，频转少下，茶臼如飞，罗面乃善。"在《答德修都监简》中，他很开心地分享道："近日治一耒阳石硙，甚精，亦可时硙双井奉寄，但未有庐山小沙瓶尔。比得人馈建溪，并得佳碾，时举一杯，极奉思也。"

南宋人庄绰在《鸡肋编》中也写到茶磨，比较了江西大余县与湖南衡阳的茶磨："南安军上犹县北七十里石门保小逻村出坚石，堪作茶磨，其佳者号掌中金。小逻之东南三十里地，名童子保大塘村，其石亦可用，盖其次也。其小逻村所出，亦有美恶，须石在水中，色如角者为上。其磨茶，四周皆匀如雪片，齿虽久更开断，去虔州百馀里，价直五千足，亦颇艰得。世多称末阳为上，或谓不若上犹之坚小而快也。"

上好的茶磨被称为"掌中金"，这有两层意思：一是值钱，好的一个能卖五两银子；二是石磨真的很小，可以放在手掌中。

苏轼、梅尧臣与黄庭坚等人都推崇湖南衡阳出产的茶磨，苏轼吐槽说自己老家巴蜀做的石磨太差。

南安军（江西大余）的茶磨，祝穆在《方舆胜览》里也有记载："土产茶磨石，图经以石门之石为之，苍碧缜密，镌琢得所，以磨盘与轮同璞者为佳。其最谓之㿙石，犹砚之旧坑也，脉红如线，极鲜明不过。"

因为太受欢迎，这里的茶磨石，到了元代就被采竭了。

南安石茶磨不易得，赵蕃专门写信给朋友，要求给自己寄一个。《寄南安李使君三章·其二》："臼捣纷纷何所如，碾成更自治家模。不尽粉身兼碎骨，为看落雪又霏珠。体用同归人力致，粗精孰愈磨工夫。旧闻此物独君地，要伴笔床能寄无？"

郑刚中的《石磨记》，录来一读：

邻有叟，置石磨一小枚于壁角灰壤之下。余偶见之，其形制虽甚拙，然石理温细可喜，问叟何以弃之，则曰大不堪用，每受茶，磨傍所吐如屑。余假而归，洗尘拂土，翌日，用磨建茶，则其细过于罗碾所出者。又取上品草茶试之，亦细，独磨粗茶，则如叟言也。盖石细而利，茶之老硬者，不与磨纹相可，故吐而不受材。叟无佳品付之，遂以为不堪用，而与瓦甓同委。

呜呼！器用之不幸，亦如是耶！有德之士，蕴藉和粹，不幸汩没于簿书盐米之间，责以棰楚会计之能，一不见效，遂以为钝拙不才者，世固多矣。洗拂尘土，付以所长，亦当自有识者云，并书于记之末。

老人家有茶磨，用来磨下等茶，效果很不理想。但郑刚中用来磨上等茶，效果却好得很，于是郑刚中便发出了很深的感慨。

石磨诗文，读来读去，还是最喜欢黄庭坚《茶磨铭》那几句："楚云算尽，燕山雪飞，江湖归梦，从此祛机。"

我小时候还用过石磨，是比较大的那种，影视里经常用驴来拉的那种石磨。主要用来磨玉米，做成疙瘩饭；或者磨豆浆，用来做豆腐。

宋代的水磨发达，主要与磨茶有关。

宋文化研究者吴钩在《原来宋朝这么有趣：商户会营销》一书中，分享了自己对宋代热衷修建水磨的研究发现。宋朝廷为什么会这么热切地建造水磨，特别是建造用于磨茶的水磨？

说白了，意在追求诱人的"末茶"市场利润。在宋代，茶已经成为王安石《议茶法》中所言的"等于米盐，不可一日或无"的日用必需品，为了垄断"末茶"批发的市场利润，宋朝廷不但大举兴建水磨茶作坊，甚至还规定："凡在京茶户擅磨末茶者有禁，并许赴官请买。"这是说，不允许茶户擅自磨茶，京师茶商贩卖的"末茶"只能向官营水磨茶作坊批发。东京的官营水磨作坊，每年给宋朝廷带来四十万贯的收入。根据官方的报告，茶商也从中获利，因为可以省掉磨茶的成本："在京茶铺之家，请买水磨末茶货卖，别无头畜之费，坐获厚利。"

清华大学的教授高瑄曾经做过一个很有趣的统计：他利用文渊阁四库全书电子版的全文检索功能，对二十四史所涉及的水力机械名词进行检索比较。结果发现，"水磨"（早期称为"水硙"）一词在《晋书》里只出现了 1 次，在"南北朝史"与《隋书》中也是各出现 1 次，在《旧唐书》与《新唐书》里共出现了 5 次，而在《宋史》中出现的频率最高，为 58 次。

◎ 佛日山荣长老方丈五绝·其四

食罢茶瓯未要深，清风一榻抵千金。
腹摇鼻息庭花落，还尽平生未足心。

诗歌大意

　　饭后点的茶不要太多，清风吹拂，饱卧榻上，这滋味抵得过千金。

　　小腹起伏，呼吸之间，庭院中的花落下，这一生没满足的心愿都了尽了。

苏轼到底有多爱睡觉？

佛日山，在杭州母山之东北，高六十余丈。有一天，苏东坡去佛日山拜访老方丈，看风景，吃斋饭，品香茗，花下眠，醒来觉得人生美好不过如此。

这是我特别喜欢的一首诗。

午饭后浅浅地饮上一杯茶，在清风拂面中美美地睡上一觉，那当真是比拥有千金还快乐啊。你看看那人，鼻息微微动，庭花随之起伏，一瞬悄然落下。就那一刻，知足了。

哪还有什么遗憾，有什么没满足的愿望？

苏轼名句也说，春宵一刻值千金。

有一次，我在院子里睡着了，起来发现桂花落了一身。边上炉子里的木炭已经燃尽，土豆也烤煳了，只有壶里的茶水尚有余温，适合大口大口地咕咚饮下。太太说，担心受凉本想送块大毛巾，但又怕坏了淋桂花的兴致。鸟儿虽不敢上身，却在不远处刨食。那天出门，发现枇杷居然结果变黄，而山茶花，打苞了春夏两季，终于盛开。到了书店，我把醒了数日的易武茶，置于滚烫沸水之中。

香茶助眠，有时候醒来还能闻到茶香，"睡馀齿颊带茶香"。要是醒来还有一杯好茶，会觉得日日是好日。你读读，"但愿一瓯常及睡足日高时"，"春浓睡足午窗明，想见新茶如泼乳""欠伸北窗下，昼睡美方熟"。

午睡的地方往往随意，边上不乏围观者，苏轼的睡姿与鼾声都名动四方。"少思多睡无如我，鼻息雷鸣撼四邻"，只能说，听着就很霸气了。"醉乡杳杳谁同梦，睡息齁（hōu）齁得自闻"，能听到自己的鼾声，真非常人。正常的时候也有，如"酒清不醉休休暖，睡稳如禅息息匀"。还记得他晚归，敲门无人，只闻鼾声的夜晚吗？"家童鼻息已雷鸣。敲门都不应，倚杖听江声。"苏东坡很能理解啊。

苏轼还讲了一种睡法，"坐睡"。

"坐睡樽前呼不应，为公雕琢损天和""须臾我径醉，坐睡落巾帻"。坐睡，是指打坐时睡着了，这是苏轼在僧院学到的法子，他还专门写过一首诗《午窗坐睡》："蒲团蟠两膝，竹几阁双肘。"

汉语里的坐睡，还藏着一个典故。

后汉刘宽为人温和仁恕，不以法治，讲究以恩德感化，有成绩都说是众人的，有缺点错误由自己承担，深得民心。他和皇帝在一起讲经时，酒后坐伏而睡。皇帝问他是不是醉了。他回答说："臣不敢喝醉，是思考国事，忧心如醉。"

我有十多年，晚上睡前都会饮用大量的茶，但步入中年后，睡眠成了问题，晚上只能淡淡地饮上几口。但睡醒，无论是早晨还是午休，都会喝一大杯。茶令我清醒，而非沉睡。

除了茶，酒也是苏轼的助眠神器。宿醉后，一觉醒来，已经是五更，"有美堂饮，醉归径睡，五鼓方醒"。喝完酒，午休也不含糊，"酒醒不觉春强半，睡起常惊日过中"。苏轼不惜暴露自己的酒量，"三杯卯酒人径醉，一枕春眠日亭午"。

要是醉后还有雨声，更不得了，睡出高境界，有睡味："雨声来不断，睡味清且熟。"对醉睡，苏轼高度评价道："有道难行不如醉，有口难言不如睡。先生醉卧此石间，万古无人知此意。"

老了病了，与少年时一样，自然嗜睡。苏轼写这样的境况，要多一些。"吴兴太守老且病，堆案满前长渴睡。""老病逢春只思睡，独求僧榻寄须臾。""病夫朝睡足，危坐觉日长。"

睡得太香了，容易惹人妒忌。苏轼被贬惠州，写了一首诗《纵笔》："白头萧散满霜风，小阁藤床寄病容。报道先生春睡美，道人轻打五更钟。"在别人家的小阁藤椅上，苏轼鼾声雷动，睡得美足，径直睡到五更天。在京城的章惇读后，觉得苏轼过得太安逸了，于是把他贬到更远的地方——海南。

苏轼门人李廌（zhì）在《师友谈记》里说苏轼自觉深得睡中三昧："某平生于寝寐时，自得三昧。吾初睡时，且于床上安四体，无一不稳处，有一未稳，需再安排令稳；既稳，或有些小倦痛处，略按摩讫，便瞑目听息；既匀直，宜用严整其天君，四体虽复有疴痒，亦不可少有蠕动，务在定心胜之；如此食顷，则四肢百骸无不和通，睡思即至，虽寐不昏。吾每日须于五更初起，栉发数百，颒（huì）面尽，服裳衣毕，须于一净榻上再用此法假寐。数刻之味，其美无涯，通夕之味，殆非可比。"

点茶讲三昧，吃饭讲三昧，睡觉也讲三昧。总结起来，苏轼的睡眠经验有四：一是稳，在床上四体要稳；二是按，按摩四肢痛倦处；三是定，定心不蠕动；四是回，起床后，再睡一个回笼觉。苏式睡眠养生大法大成。

◎ 试院煎茶

蟹眼已过鱼眼生，飕飕[1]欲作松风鸣。

蒙茸[2]出磨细珠落，眩转绕瓯飞雪轻。

银瓶泻汤夸第二，未识古人煎水意[3]。

君不见昔时李生好客手自煎[4]，贵从活火发新泉。

又不见今时潞公[5]煎茶学西蜀[6]，定州花瓷[7]琢红玉。

我今贫病长苦饥，分无玉碗捧蛾眉。

且学公家作茗饮，砖炉石铫行相随。

不用撑肠拄腹文字五千卷，但愿一瓯常及睡足日高时。

---

1 飕飕：象声词，形容风雨声。

2 蒙茸：原本指杂草。这里指草茶。

3 苏轼自注"古语云煎水不煎茶"，意思是烧水的工夫才能体现一个茶人的本领。

4 李生：李约，字存博，自号为"萧斋"。唐朝宗室之后，为郑王元懿玄孙，汧公李勉之子。

5 潞公：北宋名相文彦博，元祐五年致仕，封潞国公，时年八十五。

6 苏轼出自西蜀，但煎茶法并非西蜀特有，在点茶为主流的宋代，还并存着多种饮茶法。

7 定州花瓷：窑烧造白瓷始于唐，北宋至金达到鼎盛。定州花瓷的花，通常是指带有纹饰的器物，它们或为刻花，或为印花。但这里出现的定州红瓷，是曜变的一种。

诗歌大意

水初沸时出现蟹眼般的细小水泡，接着出现鱼眼一般的大水泡，水声飕飕作响，仿佛松涛阵阵。

精心磨出的墨绿色茶叶细末，如同细小的珍珠纷纷洒落，点茶时在茶瓯中飞快地旋转着，如飞雪般轻盈。

用银质的瓶子倒出茶汤，只被评为位列第二的煎茶方法，这是因为不懂得古人煮水尚质朴的真意。

想一想古时的李约是多么好客，他亲自煎茶，重视的是用燃着火苗的活火烹煮新鲜的泉水。

再想一想现在的潞国公文彦博煎茶学的是西蜀的民间方法，他使用的是定窑酱色花瓷茶具，其色泽如红玉般温润。

我现在贫病交加，常常食不果腹，既没有贵重的玉碗来盛茶，也无法享受美女奉茶。

我只能学习您家的方法来煮茶，随身带着砖炉和石铫。

不需要像卢仝那样熟读五千卷书，唯一的愿望就是每天能睡到日头高挂，并在醒来时能享受到一杯好茶。

蟹眼、鱼眼与烧水的常识

古代没有温度计，候汤全靠听声辨形。

苏轼在《试院煎茶》里说烧水的常识，非常精妙："蟹眼已过鱼眼生，飕飕欲作松风鸣。"

蟹眼就是水刚刚烧开时的小水泡，随着水温升高，水泡越来越大，就变成了鱼眼。烧水是有声音的，宛如松涛。

陆羽在《茶经》里有描述："其沸如鱼目，微有声，为一沸；缘边如涌泉连珠，为二沸；腾波鼓浪，为三沸；已上，水老，不可食也。"

唐人李约，字存博，是位雅士，弹琴煮茗，能清谈终日。他到江南的时候，与陆羽、张又新论水品茶。李约亲授煎茶法要义："茶须缓火炙，活火煎。活火谓炭火之有焰者，当使汤无妄沸，庶可养茶。始则鱼目散布，微微有声；中则四边泉涌，累累连珠；终则腾波鼓浪，水气全消，谓之老汤。三沸之法，非活火不能成也。"

南宋李南金对从一沸到三沸的烧水声的形容比较有趣："砌虫唧唧万蝉催，忽有千车捆载来。听得松风并涧水，急呼缥色绿瓷杯。"

砌虫是什么？蚯蚓。崔豹《古今注·鱼虫》云："蚯蚓，一名蜿蟮，一名曲蟮，善长吟于地中，江东谓之歌女，或谓之鸣砌。"周作人讲，他小时候每到秋天，都会在空旷的院子里听到蚯蚓发出这种单调的鸣声，仿佛促织，却更为低微平缓，含有寂寞悲哀之意。

蚯蚓的唧唧声是很小的，但蝉声是很大很聒噪的，更何况是万蝉齐鸣？千车捆载来，更是响声雷动（想象一下，现在大街上百辆汽车按喇叭）。等巨响退去，出现松风之音伴随着山涧水流之音，就可以冲茶了。

苏辙在《和子瞻煎茶》一诗中，也用了蚯蚓声："铜铛得火蚯蚓叫，匙脚旋转秋萤光。"黄庭坚在《省中烹茶怀子瞻用前韵》里同样用蚯蚓声回应着苏轼："思公煮茗共汤鼎，蚯蚓窍生鱼眼珠。"南宋刘过《盐官借沈氏屋》也写："煨炉火活蹲鸱（chī）熟，沸鼎茶香蚯蚓鸣。"释居简《刘簿分赐茶》："瓦瓶只候蚯蚓泣，不复浪惊浮俗眼。"

罗大经却认为李南金的形容还差点意思，他觉得刚烧开的水并不急着倒出来，要到"松风桧雨到来初，急引铜瓶离竹炉。待得声闻俱寂后，一瓯春雪胜醍醐"。桧雨，是指在桧柏树林里下了一场雨，雨声想必是低沉的。水响声渐小，就要赶紧把烧水瓶拿离炉子。等所有的声音都平息下来后，才开始冲茶。明代许次纾在《茶疏》里总结道："水一入铫，便须急煮。候有松声，即去盖，以消息其老嫩。蟹眼之后，水有微涛，是为当时；大涛鼎沸，旋至无声，是为过时。过则汤老而香散，决不堪用。"

现在水烧开，往往会打开烧水壶的盖子，放掉热气，等沸水安静下来，才冲到茶碗里，这就是来自许次纾的技术贡献。

谚语说"开水不响、响水不开"，听声辨水有科学依据。

烧水的时候，在下层的水随着温度上升会往上浮，上层的水温度低会下沉，所以随着加热时间的延长，上面的温度会高于下面的温度，中间的水温是最低的，这个现象叫作对流。水对流就会翻腾，发出响声。另一方面，随着水温的升高，水对空气的溶解度开始下降，就会有气泡从底层溢出，随着上升的水流浮到表面，"鱼眼""蟹眼"就是指这些气泡。我们听到的响声，也是这些气泡破裂引发的。水面温度越高，气泡破裂得就越多、越快，在水开前声音也越响。

干预水温通常的办法是搅动，上面沸腾了，下面温度仍低，搅动一下整体温度就降下来了。成语"扬汤止沸"说的就是这么回事。

现在都使用智能烧水壶，打开烧水壶盖子就可以观察。用透明的烧水壶就更有趣味。这些在城市里显得无关紧要的常识在我们偶尔外出在户外烧水时就变得重要了。不是用燃气灶而是用柴火烧水的时候，防止水烧老是门手艺活儿，不要动不动就来个釜底抽薪。

现在泡茶，比如普洱茶、岩茶，水温要求都是 100 ℃，有些绿茶、红茶是 70 ℃ 到 80 ℃，甚至更低，温度一高就浑浊不堪，这是因为高温把芽头上的嫩毫烫下来了，所以每种茶都有一种适宜的温度，泡之前一定要先看看包装上的使用说明。

我读到刘过《盐官借沈氏屋》这首诗的时候，非常喜欢。

借宅西头对短檠，一灯相对纸窗横。

煨炉火活蹲鸱熟，沸鼎茶香蚯蚓鸣。

万卷读书空老大，诸生盖世尽功名。

依稀草木还乡去，便向夜深闻雨声。

"蹲鸱"，就是大芋头。煮茶的同时，塞几个大芋头在火炉里，听着煮水声，翻着闲书，晚上在雨声中睡去。

后来我再读这首诗，是在自己的小院里，烤着土豆，煮着茶。正是下班时间，昆明忽然下起大雨，全城淹没，看着门外那些忙忙碌碌的人影，我感慨，没我好过啊。

苏轼看茶盏的时候眼花了吗?

苏轼《试院煎茶》里随手写了一句"定州花瓷琢红玉",却忙坏了后世研究瓷器的人。

明代高濂在他那本对文玩界影响至深的《遵生八笺》里,隆重介绍了定州瓷后,单独摘出了"定州花瓷琢红玉"这句,并悄悄地把句子改成了"定州花瓷琢如玉",这到底是为什么?

先看高濂对定州窑的介绍。定州窑在河北定州生产,"其色白,间有紫,有黑,然俱白骨,加以泑水,有如泪痕者为最"。

定州窑有花纹,多用牡丹、萱草、飞凤。造型也多,最有名的就是现在存世的"娃娃睡枕"。高濂的追随者乾隆皇帝为定窑瓷写了三十多首诗歌,告诉后人自己是多么幸运,可以抱着娃娃枕睡觉。

但无论是高濂还是乾隆,都没在定州瓷中发现有红色的,于是他们便推测是搞错了——要么是苏轼眼花,看错了;要么就是苏轼诗没有错,而是后世人抄错了。现在有人比较草书的"红"与"如",说这两个字很像。还有一部分人认为,苏轼看到的定州瓷是白色的,所谓"红玉",描述的是茶汤在白瓷中的状态,按照煎茶法煮出来的茶汤,确实是褐红色。当然,也有人认为苏轼是在点茶,这就属于没有常识了。

北宋理学家邵雍之子邵伯温的《邵氏闻见录》里记载，宋仁宗赵祯因为张贵妃接受了大臣送的一件名贵的定州红瓷器，大发雷霆，手持斧子亲手敲碎才心安，想必张贵妃的心也碎了一地。其文说："仁宗一日幸张贵妃阁，见定州红瓷器，帝怪问曰：'安得此物？'妃以王拱宸所献为对。帝怒曰：'尝戒汝勿通臣僚馈遗，不听，何也！'因持所柱斧碎之，妃愧谢久之乃已。"

南宋藏书家周辉的《清波杂志》里也记载有定州红瓷，他还比较了定州红瓷与景德镇红瓷，觉得后者更加鲜明。"辉出疆时，见房中所用定器，色莹净可爱。近年所用乃宿泗近处所出，非真也。饶州景德镇陶器所自出，于大观间窑变，色红如朱砂，谓荧惑躔（chán）度临照而然，物反常为妖，窑户亟碎之。时有玉牒防御使仲揖，年八十余，居于饶，得数种，出以相示，云比之定州红瓷器色尤鲜明。"

苏轼在《东坡志林》中也再次写到定州瓷，说明苏轼对定州瓷有认知，而不是随手一记。"今世真玉至少。虽金铁不可近，须沙碾而后成者，世以为真玉矣，然犹未也，特珉之精者。真玉须定州磁（瓷）芒所不能伤者，乃是云。尝问后苑老玉工，亦莫知其信否。"

瓷器界现在普遍认为，定州红瓷属于酱釉瓷的一种。酱釉，就是像酱油一般的红棕色。明人曹昭《格古要论》中说："古定器……有紫定，色紫；有墨定，色黑如漆。土俱白，其价高于白定。东坡诗云：'定州花瓷琢红玉。'"

定州红瓷还出现在明代诗歌中。诗人王世贞《醉茶轩歌为詹翰林东图作》里写道："先焙顾渚之紫笋，次及扬子之中泠。徐闻蟹眼吐清响，陡觉雀舌流芳馨。定州红瓷玉堪炉，酿作蒙山顶头露。"与定州红瓷匹配的是什么？是顾渚紫笋、扬子中泠水、蒙山茶，这些都是唐宋以来的绝妙好物。

王世贞的《和东坡居士煎茶韵》就直接跨时空与苏轼对话："陆郎为我手自煎，松飙写出真珠泉。君不见蒙顶空劳荐巴蜀，定红输却宣瓷玉。"宣瓷的红釉在色彩上，赢过了定窑。

北京故宫博物院藏有一个定窑盖碗，通体酱色釉，当年的储物罐，与今天的泡茶盖碗确实有九分相似之处。

◎ 赠包安静先生茶二首

其一

偶谒大中精蓝中，故人烹日注茶，果不虚，故诗以记之。

皓色生瓯面，堪称雪见羞。
东坡调诗腹，今夜睡应休。

其二

昨日点日注茶极佳，点此，复云罐中馀者可示及舟中涤神耳。

建茶三十片，不审味如何。
奉赠包居士，僧房战睡魔。

诗歌大意

其一

茶碗上这洁白明亮的汤面，就是白雪见到了都会自叹不如。

东坡用点茶来调调满腹诗气，今晚恐怕连睡眠都要开小差了。

其二

这三十片建茶，不知道味道到底如何。

赠送给包居士，在僧床上大败睡魔。

草茶的饮用方式

苏轼的《赠包安静先生茶二首》，可谓是一首写日铸茶的赞歌，一首不够，便再来一首。苏轼在自注里说，偶然在寺院遇到故人烹日铸茶，饮后发现非常滋养自己的诗腹，还驱赶了睡意。他便把自己的三十片建安茶都送给了包安静，希望他受到茶的滋养。

欧阳修在品第茶方面是行家，他说两浙之茶，以日铸茶第一。钱时霖在《历代茶诗集成·宋金卷》里统计，宋金之际，诗人写到日铸的茶诗有 20 余首，不要觉得少了，排在前面的仅仅有顾渚茶、双井茶而已。

到了宋代，各地名茶多了起来，有蒙顶茶、修仁茶、扬州贡茶、焦坑茶、武夷茶、十二雷茶、垂云茶、卧龙茶、丁坑茶、白云茶、桃花茶、宝云茶、剡山茶、乌石茶、乳洞茶、碧霄峰茗、真如茶、岳麓茶、瀑布岭仙茶、安乐茶、小龙茶、莲心茶、庐山茶、黄龙茶、上封茶、桂隐茶、金地茶、西庵茶、花坞茶、金奥茶、松溪茶等。

欧阳修老家的双井茶，得益于他的卖力推广，在宋代名气大涨，咏叹诗多达 60 多首，席卷了他的茶友圈，梅尧臣、苏轼、黄庭坚等名士纷纷加入。

日铸茶是草茶，就是不研膏不紧压的散茶，相当于今天未精加工的毛茶。与之相对的是蒸且研的研膏茶。把草茶放在茶臼里捣碎，再放进茶磨里磨成茶粉。煎茶是直接把茶粉丢进锅里煮，点茶则是把茶粉放到茶盏里点，需要像茶筅这样专业的器具，所以说点茶是要麻烦一些，有些人就不喜欢。

草茶的点饮方式，黄庭坚在《山谷集》里《答王子厚书四》中写得非常详细：

> 当以芦布作巾，裹厚垍（jì）盏一只，置茶其中，每用手顷之，尽筛去白毛，并简去茶子，乃碾之，则茶色味皆胜也。点时净濯（zhuó）瓶，注甘冷泉，热火煮盘、爚（xié）盏，令热汤才沸即点，草茶劣，不比建溪，须用熟沸汤也。往尝作建溪茶，曲不审见之否，或未见，后当寄也。

因为宋代点茶流行，许多人就以为宋代没有散茶。到了明代，朱元璋废团为散，大家又以为团茶没了，其实团茶在民间一直都存在，而且紧压茶在云南、四川、陕西这样的边疆地区，还是主要形态。茶包装多形态并存的现象，从唐宋一直贯穿到现在，这是我们研究茶史尤其要注意的。

欧阳修《归田录》里讲："腊茶出于建剑，草茶盛于两浙，两浙之品，日注为第一。自景祐以后，洪州双井白芽渐盛，近岁制作犹精，囊以红纱，不过一二两，以常茶十数斤养之，用避暑湿之气，其品远出日注上，遂为草茶第一。"

元代马端临在《文献通考·征榷五》中写道："散茶有太湖、龙溪、次号、末号，出淮南；岳麓、草子、杨树、雨前、雨后，出荆湖；清口，出归州；茗子，出江南。总十一名。江浙又有以上中下、第一至第五为号者。"草茶早些年没有纳入榷茶范围，后来数量大，离开所在区域销售都要缴纳税款，草茶每引收钞二两二钱四分。

宋人李焘《续资治通鉴长编·卷二四》："太平兴国八年十月庚寅，赐诸军校建茶，有差；并赐诸军剪草茶，人一斤。"说起来，这种军中赐茶的传统一直延续到晚清，在西藏，还有把茶当作军饷发放的。

葛立方《韵语阳秋·卷五》："自建茶入贡，阳羡不复研膏，只谓之草茶而已。"黄儒在《品茶要录·后论》里给出了他的专业茶学意见："昔陆羽号为知茶，然羽之所知者，皆今之所谓草茶，何哉？如鸿渐所论，蒸笋并叶，畏流其膏，盖草茶味短而淡，故常恐去其膏；建茶力厚而甘，故惟欲去其膏。"总结来说，在茶味方面，草茶淡，建茶厚。

◎ 是日偶至野人汪氏之居，有神降于其室，自称天人李全，字德通，善篆字，用笔奇妙，而字不可识，云天篆也。与予言，有所会者。复作一篇，仍用前韵

酒渴思茶漫[1]扣门[2]，那知竹里是仙村。

已闻龟策[3]通神语，更看龙蛇[4]落笔痕。

色瘁形枯应笑屈，道存目击岂非温。

归来独扫空斋卧，犹恐微言[5]入梦魂。

---

1 漫：随意。宋苏轼《浣溪沙·簌簌衣巾落枣花》："酒困路长惟欲睡，日高人渴漫思茶。敲门试问野人家。"

2 扣门：敲门。

3 龟策：龟甲和蓍草，古人用它来占卜吉凶。

4 龙蛇：形容书法笔势的蜿蜒盘曲。

5 微言：精深微妙的词语。

诗词大意

想酒念茶时随意敲开一道山门，哪知道竹林深处居然是仙村。

知道龟甲与蓍草可以通神仙语，更看到书法笔迹蜿蜒盘曲。

神情憔悴面色枯黄的时候，应笑活得有些憋屈，道存目击，明了彼此心志的难道不是温伯雪子？

独自归来睡觉时除尽杂念，还是担心那些精深微妙的词语会到梦里来。

目击道存

"目击而道存"，语出《庄子·田子方》。

温伯雪子往齐国去，途中寄宿于鲁国。鲁国有个人请求见他，温伯雪子说："不可以。我听说中原的君子，明于礼义而浅于知人心，我不想见他。"

到齐国后，返回时又住宿鲁国，那个人又请求相见。温伯雪子说："往日请求见我，今天又请求见我，此人必定有启示于我。"

于是出去见客，回来就慨叹一番，第二天又见客，回来又慨叹不已。他的仆人问："每次见此客人，必定回来慨叹，为何呢？"

他回答说："我本来已告诉过你，中原之人明于知礼义而浅于知人心，刚刚见我的这个人，出入进退一一合乎礼仪，动作举止蕴含龙虎般不可抵御之气势。他对我直言规劝，像儿子对待父亲般恭顺，他指导我又像父亲对儿子般严厉，所以我才慨叹。"

孔子见到温伯雪子，却一句话也不说。子路问："先生想见温伯雪子很久了，见了面却不说话，为何呀？"孔子说："像这样的人，用眼睛一看便知大道存于其身，也不容再用语言了。"

《世说新语·栖逸》中，刘孝标注引《竹林七贤论》曰："籍归，遂著《大人先生论》，所言皆胸怀间本趣。大意谓先生与己不异也。观其长啸相和，亦近乎目击道存矣。"

目击而道存，要求一个人除了有学问、有才华、有道德外，还需要有见识，有通过审美就能掌握世界的能力，我把这种能力归类于人格力量。陆羽在《茶经》最后一部分"茶之图"里，重温了"目击而道存"这个故事，暗示了这样的一种看法：煮茶这种行为，是以一种可见的人格方式影响世人。

以知识面貌留存的茶文化，只是它极少的部分，更多的时候，茶文化正以茶生活的方式徐徐展开。如果少了这份审美的趣味，历史的面目便只剩下干巴巴的说教。

陆羽用绢素写茶经，"陈诸座隅，目击而存"，影响到今天。我们现在喝茶，也需要找个主题，做海报（挂画），邀约人，认真对待，喝了还不算，还要作画、作诗，把这一天的经历写出来。

苏轼贪杯，无论茶酒，推门而入，与"天降伟人"相遇，能说的在诗内，不能说的在诗外。

遇到好茶就像遇到一位得道高人，看一眼喝一口心便热乎起来。即便不是大德，遇到一位赏心悦目的人，也是极好的。

学问、才华与见识之间的关系很多人搞不清，袁枚总结得好："学如弓弩，才如箭镞。识以领之，方能中鹄。"他以拉弓作比喻，称学问好比蓄力大小，决定了弓弩是半月还是满月，也影响拉弓的次数；才华如箭头，拈弓搭箭，呼啸而出，目光聚焦处、力量汇集处，都在箭头。换言之，学问通过才华得以呈现，而见识则指挥着箭头飞向哪里。拉弓是否如满月，箭镞能否如流星，箭术能否百步穿杨，箭头能不能中靶心，取决于才、学、识的三结合。学问是基础，才华是闪光点，见识引领前行。

◎ 赵德麟饯饮湖上，舟中对月

老守¹惜春意，主人留客情。

官馀闲日月²，湖上好清明³。

新火⁴发茶乳，温风散粥饧⁵。

酒阑⁶红杏暗⁷，日落大堤平。

清夜除灯坐，孤舟擘岸撑。

逮君愤未堕，对此月犹横⁸。

---

1 老守：即老太守，苏轼自称。苏轼当时为颍州知州，作有《聚星堂雪》："众宾起舞风竹乱，老守先醉霜松折。"

2 日月：时令，时光。《诗经·小雅·小明》："昔我往矣，日月方奥。"

3 清明：清澈明净。这里一语双关，同时指出时节是清明节。

4 新火：按照唐宋习俗，清明前一日禁火寒食，到清明节再起火赐百官，称为"新火"。

5 粥饧（xíng）：甜粥。吃粥饧，是古代清明节习俗之一，旧俗寒食日以粳米或大麦煮粥，研杏仁为酪，以热汤沃之，谓之"寒食粥"。

6 酒阑：酒筵将尽。

7 红杏暗：春日杏花繁茂树荫已成，看过去是暗色。宋苏轼《浪淘沙》："试探春情，墙头红杏暗如倾。"

8 月犹横：月亮横着，是上弦月。

诗歌大意

老太守东坡爱惜这春意，主人则用情不让客人离开。

做官之外的业余时间都是休闲好时光，湖上一片清澈明净的景象。

用燃有火苗的炭火烧水点茶，汤生茶花，伴着这温暖的风，消解了甜粥的腻。

酒宴将尽，外面的红杏花看着黯淡下来，圆圆的落日半挂在一横无际的大堤上。

寂静的夜晚在黑暗里静坐，河上的孤舟仿佛要把对岸撑开。

在头巾被风吹走前抓住，对面的月亮横挂在天空。

是很闲的一天了

这是苏轼很闲的一天。

白天湖上吹风看云，新茶一瓯，甜粥一碗，美美睡个午觉。

傍晚看日落大堤，醉眼看花花也暗。

黑漆漆中静坐，看月亮升起来。

段成式说，一个人闲的时候，可以静观光阴一寸寸移动、消失，当然也可以细数一枪一旗在水中的浮沉。"坐对当窗木，看移三面阴"，对抗时间最好的方式，就是成为时间的一部分。

在许多个阳光明媚的冬日午后，我静坐在窗口，一壶茶，一本书，如许多人一样，打发着昏沉的时光。在某一个时刻，我留意到桌子上的饮品的变化，咖啡去了酒来，酒退出后茶登场。但似乎只有茶，在不断的续杯之间，更能起到消磨、对抗时间的功用。世人多感慨时光容易把人抛，但人在务虚的光阴里，又何尝不是制造出太多空虚的时段？

这个时候，茶会乘虚而入。

有人忙里偷闲饮茶，茶成为一种递减的消耗品。

有人闲中俗务萦心，茶水不过是对抗时间的一种消磨方式。

消耗品是一种日常行为，看得到亦闻得到其中的烟火味。

消磨则是一种闲适状态，体现出一种别致，无从观察，只能体验。

一碗普洱茶，就让冬日凛冽的寒意消退，阳光虽薄，茶汤却浓，足以融化冰冻的空气，更将暖意传达全身，支援手脚，关怀肺腑，熨帖心胸。

春日万花争艳，茶烟缥缈于杯沿，疏影横斜，红、黄之茶交替易杯，变幻无穷，带着朦胧的冀望与情意，用手就可以调出与自然媲美的景象。

炎烈夏日，一杯绿茶便宛如清凉使者来袭，夹杂风雨冰雪，净化密集赤火，参天大树从心底长起，爽意可知。

秋日，有星空与圆月相伴，但也有草木凋零、冯唐易老、候鸟迁徙之感伤，是属于白茶与青茶的时节。岩茶一壶，唤醒退化的嗅觉，也储备好温火之气，为冬日的到来做准备。

好时节总不可多得，与其说一叶知秋，更不如说，一叶关情。

程颢有诗云：

闲来无事不从容，睡觉东窗日已红。

万物静观皆自得，四时佳兴与人同。

道通天地有形外，思入风云变态中。

富贵不淫贫贱乐，男儿到此是豪雄。

◎ 病中夜读朱博士 [1] 诗

病眼乱灯火，细书 [2] 数尘沙。

君诗如秋露，净我空中花 [3]。

古语多妙寄 [4]，可识不可夸。

巧笑在瓶颊，哀音余掺挝 [5]。

曾坑 [6] 一掬春，紫饼 [7] 供千家。

悬知贵公子，醉眼无真茶。

---

1 朱博士：朱勃，字逊之，洛阳人。朱敦儒之父，北宋元祐、绍圣年间位居右司谏。

2 细书：用蝇头小字写的书。

3 空中花：病中眼花带来的错觉。

4 妙寄：神奇之处。宋陆游《酬妙湛闍梨见赠，妙湛能棋，其师璘公盖尝与先君游云》："高标无复乡人识，妙寄惟应弟子知。"

5 掺（càn）挝（zhuā）：古代乐奏中的一种击鼓之称，其声悲伤。三国时期祢衡击鼓作《渔阳掺挝》，后人形容，听到《渔阳掺》，"黄尘萧萧百日暗"。

6 曾坑：北宋时专烘皇家贡茶的茶坑，所产茶品质极佳，故谓之"曾坑茶"。

7 紫饼：宋代建州团饼茶的别称。北苑贡茶多为研膏茶，油其面，呈紫色，煎点时须炙烤，，饼面饰物如熔蜡，故称"蜡面茶"，又云"紫饼"。宋赵佶《大观茶论·鉴辨》："茶之范度不同，如人之有首面也……即日成者，其色则青紫。"宋梅尧臣《答建州沈屯田寄新茶》："春芽研白膏，夜火焙紫饼。"

崎岖烂石上，得此一寸芽。

缄封勿浪出[8]，汤老客未嘉。

诗歌大意

人在病中眼睛看灯火都是杂乱无章的，看字小的书更像是数细沙。

老兄的诗就像秋天的露水，洗干净了我所看到的那些不切实际的东西。

古语里多有神奇之处，那妙处可赏却不可夸啊。

汤瓶的脸颊在巧笑，传来的哀音却像掺挝鼓声。

曾坑里生长出那一掬春茗，做出来的紫饼却供应了千万家。

却能预料得到那些贵公子还是贪酒，醉眼中哪有什么真茶。

崎岖的烂石之上，得到这一寸大小的茶芽。

茶饼制好后缄存封口，可别轻易拿出来喝，若是水已煮老、来人不算嘉客，那可就浪费了这珍贵的茶啊。

人生一大快事

苏轼在诗词中两次说到自己在品曾坑茶，都有显摆的意思。《病中夜读朱博士诗》里说："曾坑一掬春，紫饼供千家。"《次韵曾仲锡元日见寄》里讲："吾国旧供云泽米，君家新致雪坑茶。"（苏轼自注曾坑茶）

曾坑，原为地名，北苑贡焙之正焙所在地，其地所产茶品质极佳。宋代沈括《梦溪笔谈》卷二五记载："建茶胜处曰郝源、曾坑，其间又岔根、山顶二品尤胜。李氏时号为北苑，置使领之。"

叶梦得在《避暑录话》卷四里说："北苑茶正所产为曾坑，谓之正焙；非曾坑为沙溪，谓之外焙。二地相去不远而茶种悬绝，沙溪色白过于曾坑，但味短而微涩，识茶者一啜，如别泾渭也。"

宋代其他诗人也有品过曾坑茶的。

徐瑞《戊寅雪中有感》："呼童屏置勿举饮，石鼎且试曾坑茶。"

萧立之《次彭介山韵》："大篇隽永西风前，谷帘水共曾坑煎。"

曾巩《闰正月十一日吕殿丞寄新茶（新茶最早者，生处地向阳也）》："曾坑贡后春犹早，海上先尝第一杯。"

黄庭坚《次韵刘景文登邺王台见思·其四》有："茗花浮曾坑，酒泛酢宜城。"

　　赵令畤在《侯鲭录》里记载了黄庭坚的一段妙论，说品饮曾坑茶是人生一大快事。黄庭坚说，烂蒸同州羔，浇上杏仁粥，吃的时候用刀割，绝不用筷子。把南京面切细做成槐叶冷淘，加上襄邑的熟猪肉，炊煮共城的香稻，吃吴人做的吴淞江的鲈鱼。吃饱之后，再用康山谷帘泉水烹煮上品的曾坑茶。片刻后，仰卧在向北的窗户下面，使人诵读苏轼的前后《赤壁赋》，是人生一大快事。

　　哎，读完就口水一地啊！

◎ 留题显圣寺 [1]

沙沙疏林集晚鸦，孤村烟火梵王家 [2]。

幽人 [3] 自种千头橘，远客来寻百结花 [4]。

浮石 [5] 已干霜后水，焦坑 [6] 闲试雨前茶。

只疑归梦西南去，翠竹江村绕白沙。

---

1 显圣寺：位于今江西省赣州市。

2 梵王家：佛寺。唐陈翥《曲江亭望慈恩寺杏园花发》："曲江晴望好，近接梵王家。"

3 幽人：幽隐之人。《易经》："履道坦坦，幽人贞吉。"宋苏轼《定惠院寓居月夜偶出》："幽人无事不出门，偶逐东风转良夜。"

4 百结花：即丁香。丁香有特定情绪，主要象征着愁。唐牛峤《感恩多》："自从南浦别，愁见丁香结。"唐李商隐《代赠》："芭蕉不展丁香结，同向春风各自愁。"五代李璟《摊破浣溪沙》："青鸟不传云外信，丁香空结雨中愁。"

5 浮石：据《南康县志》记载，浮石在城西三十里，从南安东门码头流过来的章水在这里幽然成潭，其中有一巨石，高二十余丈，状如一枚倒扣的巨钟，水环其外，舟船行于此地，极易翻覆。

6 焦坑：名茶，产地有两处：一产于今浙江省嵊州市，高似孙在《剡录》里有记载；另一产于今江西省赣州市大庾岭，宋周辉《清波杂志》："焦坑产庾岭下，味苦硬，久方回甘。"

诗歌大意

疏林渺渺，晚鸦云集，孤村烟火之中，有座庙宇。

幽人自种橘林，千头摇枝头。远方来客，到此寻丁香结。

入冬后，浮石河中水已干，霜后水甜，闲来所饮，是焦坑雨前茶。

怀疑自己回到梦中的西南故乡，翠竹映衬的山村外，环绕着白沙。

谪途遇茶似故乡

《留题显圣寺》，又名"舟次浮石""焦坑寺"，苏轼两次到此，一次是被贬南下，一次是恩赐北归。此诗作于北归之时，时间是建中靖国元年（1101）的正月。王文诰在《苏文忠公诗编注集成总案》中记载，苏轼携一家老少三十余人，"晚泊浮石山下游显圣寺，题诗壁"。

浮石这个地方，得名于水中一块巨大的石头，舟楫往来，多有隐患。苏轼去的显圣寺，谈不上有名，此地有一个地方叫焦坑，出产好茶。焦坑有焦溪，这个地方现在还在，也在产茶。打的旗号，自然是苏轼。

苏轼第一次过江西的时候，就发现这里与老家很像，写有《江西》一诗："江西山水真吾邦，白沙翠竹石底江。"

◎ 道者院池上作

下马逢佳客，携壶傍小池。
清风乱荷叶，细雨出鱼儿。
井好能冰齿，茶甘不上眉。
归途更萧瑟，真个解催诗。

诗歌大意

一下马就遇到佳客，拎着壶来到小池边。

清风吹乱了荷叶，细雨逗出鱼儿。

好井舀出的水能冰牙齿，好茶喝到嘴里不皱眉。

归途更加萧瑟了啊，真是催动我的诗肠，不愁无诗可写了。

茶是催诗灵感

催诗，就是激发了写诗的灵感。

《南史·王僧孺传》里说，南朝齐竟陵王萧子良常夜集文士饮酒赋诗。规定烛燃一寸，诗成四韵，萧文琰却认为不难，改为击铜钵催诗。所以有夜烛催诗、击钵催诗的典故来比喻才思敏捷。苏轼有《次韵答刘景文左藏》："夜烛催诗金烬落，秋芳压帽露华滋。"陈师道有《次韵苏公蜡梅》："坐想明年吴与越，行酒赋诗听击钵。"

东晋大司马桓温作诗，当没有灵感的时候，他总是作鼓吹之乐，如鸣笛、号角之类。一次作乐之后，得到佳句："鸣鹄响长皋。"他高兴地说道："鼓吹乐就是能激发人的灵感。"

在一定的时间里完成一首诗，就好比在一定时间里完成某份答卷，只适合集体参与，比的是快慢，偶尔才是才情。一抬头，看到烛光将尽，才猛然惊醒，截止时间已至，这是诗人之间的竞技。

其实作家都有一个截稿时间的问题，所谓截稿期，就是编辑编排稿子前的最后期限。

杜甫在《陪诸贵公子丈八沟携妓纳凉晚际遇雨》里说的是另一种情况，这群人中有一位诗人，他讲述了诗意是如何呈现的："公子调冰水，佳人雪藕丝。片云头上黑，应是雨催诗。"

雨不仅是田园的养料，也是诗人的养料。在一首词里，辛弃疾嫌雨来得太早："山才好处行还倦，诗未成时雨早催。"（《鹧鸪天·鹅湖归病起作》）而在另一首词里，他又自责，说还是自己太懒了："霎时风怒，倒翻笔砚，天也只教吾懒。又何事，催诗雨急，片云斗暗。"（《永遇乐·检校停云新种杉松戏作》）

苏轼也爱催诗雨，他有"急雨岂无意，催诗走群龙""纤纤入麦黄花乱，飒飒催诗白雨来"。淅淅沥沥的雨，打湿了诗人的衣衫，深井里泡出来的一碗茶，浇灌的是诗人的心田。

一杯茶在手，就不用问细雨什么时候来。

在松涛声中，在鱼眼蟹眼中，苏轼的茶意生活像煮泉声一般在天南海北响彻起来。

◎ 游诸佛舍，一日饮酽茶七盏，戏书勤师壁 [1]

示病 [2] 维摩 [3] 元不病，在家 [4] 灵运 [5] 已忘家。
何须魏帝一丸药 [6]，且尽卢仝七碗茶 [7]。

---

1 诗题一作"六月六日以病在告独游湖上诸寺晚谒损之戏留七绝"。

2 示病：示疾，佛教用语，指佛菩萨及高僧得病。

3 维摩：维摩诘，在家的大乘佛教居士，是著名的在家菩萨。有一次，他假装生病。佛陀特派文殊师利菩萨等去探病，两人机锋令人受益。

4 在家：针对"出家"而言，指不离开家去做僧、尼、道士等而在世俗中修行。

5 灵运：谢灵运，山水诗人的鼻祖。

6 魏帝一丸药：典出三国魏文帝曹丕《折杨柳行》："西山一何高，高高殊无极。上有两仙僮，不饮亦不食。与我一丸药，光耀有五色。服药四五日，身体生羽翼。"

7 卢仝七碗茶：唐代诗人卢仝写有《七碗茶歌》，此处苏轼自注："是日，净慈、南屏、惠昭、小昭庆及此，凡饮已七碗。"

诗歌大意

维摩诘这样的得道高僧，即便是生病也不是真病。

醉心山水的谢灵运，即便是在家修行也早就忘记了家的所在。

何必要去追魏文帝的那一丸仙丹，只要让我喝七碗茶就好了。

卢仝茶里真的有茶气吗？

维摩诘与卢仝，都是苏轼很厚爱的两个人，他经常在诗中提到他们。"维摩诘"，是无垢的意思。诗人王维，字摩诘，便取意于此。而卢仝在《七碗茶歌》中，注入了一种飘逸的人格。

苏轼在杭州，逛到白居易的竹阁居所，看到维摩画像，写有"欲把新诗问遗像，病维摩诘更无言"；他在乌台诗案出狱后，写有"休官彭泽贫无酒，隐几维摩病有妻"；其他的还可以找到，"倦游不拟谈玄牝，示病何妨出白须"，"年来总作维摩病，堪笑东西二老人"，用维摩病指代自己此时饱受病痛困扰。

维摩诘没有病，却要装病。苏轼有病，却要装着没有病。

卢仝在宋代茶诗里，拥有崇高的地位。根据钱时霖的统计，宋代与卢仝有关的茶诗，有110余首，仅次于陆羽的150余首。民间一直把卢仝这首原名为"走笔谢孟谏议寄新茶"叫成"七碗茶歌"，全诗如下：

> 日高丈五睡正浓，军将打门惊周公。口云谏议送书信，白绢斜封三道印。开缄宛见谏议面，手阅月团三百片。闻道新年入山里，蛰虫惊动春风起。天子须尝阳羡

茶，百草不敢先开花。仁风暗结珠琲（bèi）瓃（léi），先春抽出黄金芽。摘鲜焙芳旋封裹，至精至好且不奢。至尊之余合王公，何事便到山人家？柴门反关无俗客，纱帽笼头自煎吃。碧云引风吹不断，白花浮光凝碗面。

一碗喉吻润；两碗破孤闷；三碗搜枯肠，惟有文字五千卷；四碗发轻汗，平生不平事，尽向毛孔散；五碗肌肤清；六碗通仙灵；七碗吃不得也，惟觉两腋习习清风生。蓬莱山，在何处？玉川子，乘此清风欲归去。山上群仙司下土，地位清高隔风雨。安得知百万亿苍生命，堕在巅崖受辛苦！便为谏议问苍生："到头还得苏息否？"

苏轼发现了这首诗不同寻常之处：卢仝经常是饿着肚皮，但好朋友却给他寄那么多茶，这不是挖坑吗？一想到卢仝饿着肚皮还要喝那么多茶，东坡就不怀好意地笑了。

第一碗茶喝下去，只是润润喉咙。当然，每一碗都要过喉，但卢仝每一碗的侧重点不一样，让我们可以像跟随镜头一般，看到这一切是如何发生的。

第二碗茶水到胸口了，可以破孤闷。魏晋名士常常念叨，拿酒来，浇胸中之块垒。我上大学那会儿，隔壁宿舍的师兄，经常敲门说："走，浇灌块垒去！"很快我们就坐在烧烤摊，喝着劣质的"火爆酒"，说着里尔克的诗歌、侯孝贤的电影以及海明威的小说。最近我约他浇灌块垒，说了卢仝的不幸。我们上大学说到卢仝的时候，还不知道他写过如此有名的茶诗，我们曾因对《月蚀诗》的见解不同而争吵不休。

第三碗到肠胃，"搜枯肠"，就是说肠胃里没有多余食物啊，卢仝家贫，经常吃不饱饭，但他自嘲说，那里有文字五千卷，是一肚皮的才华。苏轼后来也说，腹有诗书气自华，好极了，还说自己有一肚子的不合时宜。我开书店后，经常遇到大肚男，他会拍着肚子告诉我："周老师，这是吃喝了上千万的肚子，你千万别小看了。"另一位前辈，则拍着自己的肚皮说，自己喝掉了上亿的茶。

喝下第四碗茶，出汗了。在中医看来，外界的水（茶水）不能直接与身体发生关系，只有经过大自然的汽化或是身体内的汽化后才会被身体接受。茶水入肠胃后，经过肠胃的腐熟便能出现汽化作用，产生体内的水汽，茶水被化成了茶汽，再化成津液，游走全身，滋养不同部位。《黄帝内经》里认为，津是比较清的，液是比较浊的。"津"就是指身体内大部分流通的水，比如出汗，而"液"通常指骨骼或者关节里面的液，有润滑和滋养的作用。

西医是怎么解释出汗呢？"热"刺激了人体的温度感受器——中枢热敏神经元，信息传递至体温调节中枢，再经过一系列的神经反射调节，皮肤毛细血管和毛孔迅速扩张，血流量大大增加，汗腺分泌增强，汗液量增多，将人体深部的热带出体外，达到散热的作用。

德国人泽赫做过一个排行试验：饮下能被跟踪的补水饮料，饮料在经过他的胃部被肠道吸收后，在肝脏和肾脏中得到过滤，之后示踪剂进入血液，通过循环系统到达皮肤的静脉，再通过真皮扩散到汗腺，最后经皮肤上数以百万计的毛孔排出。

在出汗机制上，中西方的解释并没太大差别，都是讲热水要先到肠胃，才开始分散到其他器官，最后通过毛孔发散。

为什么要花那么多篇幅来讲出汗？

因为现在很多人在谈"茶气"，认为茶中有一种叫"茶气"的东西，在左右茶的品质。茶气一个主要的体现就是出汗，在额头、脖颈、背部都有集中出汗现象。厘清了出汗机制，我们才能更好地理解卢全这首诗。

沿着这个思路，第五碗就好理解了，出了汗水，皮肤自然是汗津津的，《黄帝内经》里说津是清的，所以卢全说肌肤清。

第六碗，通仙灵。陶弘景《杂录》云："苦茶，轻身换骨，昔丹丘子、黄山君服之。"陶弘景是南朝著名道教学者、炼丹家、医药学家。丹丘子、黄山君，都是传说中的神仙。陆羽在《茶经》里引用的壶居士《食忌》、陶弘景《杂录》，都认为饮茶能轻身换骨、助人羽化成仙。

第七碗吃不得。两腋已经生风，要扶摇而上九万里了。

既然吃不得，为什么还要写？直接写到第六碗不就行了？

邵雍说，蓍草起卦，只要四十九根就可以了，但为什么次次都要准备五十根？因为那一根看起来没有用的蓍草才能让其他的四十九根发挥出作用。喝茶读书都是这样，你一开始不知道什么有用、什么没用，当然要都看看。后来有了自己的认知，自然会丢掉一些自己觉得没用的东西。

卢仝这首茶诗，现在大家都没耐心看头品尾，掐头去尾后变成了"七碗茶歌"。我第一次领教到这首茶歌的魅力的经历，值得说说。

2009年，我在昆明兰茶坊参加一个茶会，参加的人被要求全程止语，在召集人赵春普吟诵卢仝《七碗茶歌》的带动下，参与者要接连喝掉七大杯茶水，喝完全身出汗，只能扇风应对，两腋确实清风习习。赵春普说，这是所喝之茶的功劳，茶气足才会有大汗淋漓的现象。

我后来也购买了用来喝熟茶的深口杯，好奇地试验了下，不要说茶了，就是连喝七大杯开水，也会喝得全身大汗淋漓，与茶气足不足真没关系。

但七碗茶这种形式太好了，很快就在茶圈流行开来，卖茶的可以证明自己的茶好，背诗的可以证明卢仝诚不我欺，嘴笨者免了一番言辞，喝茶也喝得尽兴，成了促销的好手段。但也因为太有形式感，经常被一些歪门邪道的人用来蛊惑人心，这恐怕是谁也想不到的。

苏轼的诗词文章里，卢仝一直在。

《汲江煎茶》："枯肠未易禁三碗，坐听荒城长短更。"

《试院煎茶》："不用撑肠拄腹文字五千卷，但愿一瓯常及睡足日高时。"

《马子约送茶，作六言谢之》："珍重绣衣直指，远烦白绢斜封。惊破卢仝幽梦，北窗起看云龙。"

《次韵曹辅寄壑源试焙新芽》："明月来投玉川子，清风吹破武林春。"

《游惠山并叙》："吾生眠食耳，一饱万想灭。颇笑玉川子，饥弄三百月。"

《次韵潜师放鱼》："况逢孟简对卢仝，不怕校人欺子美。"

《寄蕲簟与蒲传正》："习习还从两腋生，请公乘此朝阊阖。"

《临江仙·风水洞作》："借与玉川生两腋，天仙未必相思。"

《快哉此风赋》："固以陋晋人一唉之小，笑玉川两腋之卑。"

《虔州吕倚承事，年八十三，读书作诗不已，好收古今帖，甚贫，至食不足》："饥来据空案，一字不堪煮。枯肠五千卷，磊落相撑拄。"

《和孔郎中荆林马上见寄》："平生五千卷，一字不救饥。"

苏轼有文论卢仝诗，说他作诗狂怪。

我书架上，苏轼文集隔壁是胡适文集，有一天纯属偶然，居然翻到了胡适讲卢仝的地方，胡适说卢仝有奇气，用白话作长短不整齐的新诗，狂放自恣，是推行诗体解放的新诗人。

卢仝自己都想不到，自己在很多领域里都是开风气的人。比如，他还是茶人的前辈，茶仙。

◎ 行香子·茶词

　　绮席才终。欢意犹浓。酒阑时、高兴无穷。共夸君赐，初拆臣封。看分香饼，黄金缕，密云龙。

　　斗赢一水，功敌千钟[1]。觉凉生、两腋清风。暂留红袖，少却纱笼。放笙歌散，庭馆静，略从容。

---

1 千钟：钟，粮食的计量单位，极言粮多，代指俸禄优厚、官爵高。也有"千盅"之意，极言酒多或酒量大。传说尧舜能饮千钟，孔子能饮百觚。这里用酒来衬托茶。

诗歌大意

　　华丽的宴席才刚刚结束，但大家都不愿离去。站在那里告别的话说了一遍又一遍，酒喝了一杯又一杯。人开心的时候，又怎么舍得就此离去呢？今天皇帝赏赐的好东西，自然不只是美酒与美食，还有美茶。迫不及待拆开的臣子，已经闻到了茶饼的香味，在黄金缕下，是一饼难求的密云龙。

　　斗茶赢了一个水脚，这功绩可比高官厚禄、饮千钟酒。顿时觉得清风生两腋，就要羽化而去。可是走不了啊，有才子佳人拉着，还少了一盏照明的灯笼。不如吹笙放歌，主人才站在庭院中间高歌一曲，从容放松，周边都安静了下来。

士大夫盛宴竟然斗茶

在宋代，丁谓创造了"龙团凤饼"，蔡襄创造"龙凤小团"，都得到了皇家的喜爱，后来又出现贾青造的"密云龙"，继为皇室新贵。到了宣和年间，郑可简创造"银线水芽"工艺，制作出"龙团胜雪"，把制茶工艺推向空前绝后的境地。

密云龙40饼为一斤，北宋时的一斤相当于今天的640克，所以一饼密云龙大约是16克。欧阳修记载小团茶一斤有28片，一个小龙团约有23克。

苏轼得到过皇家赏赐的密云龙，从不轻易示人。

《行香子·绮席才终》下阕说的是品茶。"水脚"就是水痕，指沫饽消散后在茶盏壁上留下的痕迹。在斗茶中，水痕是关键指标。斗茶比的是沫饽的厚与浅，沫饽浅的话则消退得快，水痕就先露出来，就算输了。蔡襄在《茶录》里说："建安斗试，以水痕先者为负，耐久者为胜，故较胜负之说，曰相去一水两水。"建安一带人们比赛点茶，茶杯边沿水痕先退的就算失败，水痕长时间保留为胜。所以用斗茶比较谁胜谁败，也只是相差一水两水而已。

斗赢了一水，就是斗茶赢家，功劳像粮食取得丰收，这里说的是欢喜程度。现代研究已经表明，一个人玩游戏取得的成就感，在心理上与现实中取得的成就感是一样的。

苏轼讲了赢的欢喜，又讲了品饮的欢喜。卢仝把饮茶的曼妙之境"两腋清风"，写进了他流传甚广的《七碗茶歌》，尤其是连喝七碗便可成仙的说法，吸引了不少茶客。

在汉语的日常里，"仙"不是一个好词，至少在云南，说一个人仙的时候，意思是他并不怎么正常。"神"也是如此，"神叨叨"是说一个人脑壳有问题。现在的茶界，说一个人神或仙，一般都是说这个人饮茶行为古怪。一些人把卢仝七碗茶的形式感研发出来，要求统一服饰、统一手势、统一吞咽标准，他们把自己塑造得不一样的时候，别人看他们的眼光自然也大大不同。

"暂留红袖，少却纱笼。放笙歌散，庭馆静，略从容。"这是微醺的状态。

当然，还有一种情况，酒喝醉了。李白喝多了，要乘风离开。苏轼喝多了，也要乘风归去。后世都说他们是仙人，但红尘那么美好，怎么舍得？还有人伸出纤纤玉手，拉着拽着。苏轼说，本来早就要走了，只是缺一盏灯笼，看不清路。

不如整理衣冠，放歌一吼，让大家都安静下来听。这是当代人最喜欢的表达，自带 BGM，只要主角出场，属于他的音乐会自动响起。而周边的一切，都安静下来。

第三章

茶品人品

◎ 和钱安道寄惠建茶

我官于南今几时[1]，尝尽溪茶与山茗[2]。

胸中似记故人面，口不能言心自省。

为君细说我未暇[3]，试评其略差可[4]听。

建溪[5]所产虽不同，一一天与君子[6]性。

---

1 几时：有些时日。宋任希夷《中浣西湖之集斯远有诗辄奉同游一笑》："东坡仙去今几时，寥落风烟谁与领。"

2 山茗：山茶。

3 未暇：没有时间顾及。

4 差可：勉强可以。

5 建溪：建溪茶，产于福建建溪流域，故名建溪茶。以宋代福建建州建安县（今建瓯市）的北苑凤凰山一带为主体产茶区，是中国茶文化史中最著名的贡茶。宋沈括《梦溪笔谈·卷二十五·建茶》："古人论茶，惟言阳羡、顾渚、天柱、蒙顶之类，都未言建溪。然唐人重串茶粘黑者，则已近乎建饼矣。建茶皆乔木，吴蜀、淮南惟丛茇而已，品自居下。建茶胜处曰郝源、曾坑，其间又岔根、山顶二品尤胜。李氏（南唐）时号为北苑，置使领之。"

6 君子：儒家的理想人格，与小人对应。

森然[7]可爱[8]不可慢[9]，骨清[10]肉腻和且正[11]。

雪花雨脚[12]何足道，啜过始知真味[13]永。

纵复[14]苦硬[15]终可录，汲黯少戆[16]宽饶猛[17]。

---

7 森然：茂盛状。

8 可爱：值得敬爱，喜爱。《尚书·大禹谟》："可爱非君？可畏非民？"

9 慢：态度冷淡，怠慢。

10 骨清：超凡脱俗，具有神仙资质。东晋干宝《搜神记》："蒋子文者，广陵人也。嗜酒好色，挑达无度。常自谓己骨清，死当为神。"

11 和且正：通常用以形容乐音和平中正。《礼记·乐记》："今夫古乐，进旅退旅，和正以广。"郑玄注："和正以广，无奸声也。"这里形容建溪茶的滋味柔和醇正，如同雅乐。

12 雪花雨脚：泛指一般的草茶。

13 真味：纯粹的味道。宋代评茶，"真"很重要，味要真味，香要真香。蔡襄、赵佶强调茶有真香，这一切的前提是，喝到真茶。

14 纵复：即使。

15 苦硬：原本指味道粗糙。苏轼这里以贬为褒，指茶性刚猛。

16 汲黯少戆（gàng）：汲黯，汉武帝时的名臣；戆，耿直。典出《汉书·汲黯传》："为人性倨，少礼，面折，不能容人之过。合己者善待之，不合者弗能忍见，士亦以此不附焉。然好游侠，任气节，行修洁。"汲黯耿直，当面让汉武帝下不来台。这里是以汲黯的耿直来形容建溪茶的刚硬品性。

17 宽饶猛：盖宽饶，汉代名臣。典出《汉书·盖宽饶传》："宽饶为人刚直高节，志在奉公。"盖宽饶曾上书指责皇帝过失，后自杀。

草茶无赖 [18] 空有名，高者妖邪 [19] 次顽㦁 [20]。

体轻虽复 [21] 强浮泛 [22]，性滞 [23] 偏工 [24] 呕酸冷。

其间绝品岂不佳，张禹 [25] 纵贤非骨鲠 [26]。

葵花玉䠀 [27] 不易致，道路幽险隔云岭。

---

18 无赖：没有什么理由。

19 妖邪：即夭邪，袅娜多姿，姿态媚人。宋苏轼《荷华媚·荷花》："每怅望、明月清风夜，甚低迷不语，夭邪无力。"

20 顽㦁：本义是没劈开的木薪，引申为不开窍。㦁，强悍。还有一层意思，失意怅惘。《楚辞·九辩》："怆恍㦁恨兮去故而就新。"

21 虽复：即使。

22 浮泛：漂浮在上面。

23 滞：凝结，不同。陆羽《茶经》里说，"阴山坡谷者，不堪采掇，性凝滞，结瘕疾。"

24 偏工：偏爱，偏偏擅长。宋苏轼《和子由记园中草木十一首·其四》："偏工贮秋雨，岁岁坏篱落。"元杨载《暮春游西湖北山》："愁耳偏工著雨声，好怀长恐负山行。"

25 张禹：西汉大臣，精通经学。太后王氏专政时期，汉成帝请教过张禹，他没有说实话，所以苏轼说他不刚直。

26 骨鲠：本义指鱼骨、鱼刺，比喻刚直。

27 䠀（kuǎ）：原本是一种随身的装饰品，宋代将形似䠀的茶称为䠀茶，故也以䠀作为成品茶的计量单位。

谁知使者来自西[28]，开缄磊落收百饼。

嗅香嚼味本非别，透纸自觉光炯炯。

秕糠[29]团凤友小龙，奴隶日注臣双井[30]。

收藏爱惜待佳客，不敢包裹钻权幸[31]。

此诗有味君勿传，空使时人怒生瘿[32]。

---

28 指从西边来的人，好茶自唐宋以来，皆在东边，这里暗示西来者不懂茶。

29 秕糠（bǐ kāng）：瘪谷和米糠，喻琐碎、无用之物。

30 北宋时期，丁谓创龙凤茶，蔡襄创小龙团茶，一个比一个金贵。苏轼嘲讽丁谓、蔡襄揣摩上意。草茶初始以日铸（注）为第一，后来又以双井为第一。潮流变得很快。欧阳修在《归田录》里说："茶品莫贵于龙凤，谓之团茶。"又说："草茶盛于两浙，两浙之品，日注为第一。自景祐以后，洪州双井白芽渐盛……其品远出日注上，遂为草茶第一。"

31 钻权幸：逢迎巴结有权势者。钻，钻营，引申为逢迎巴结。

32 怒生瘿（yǐng）：瘿，颈瘤，俗称大脖子。

诗歌大意

我如今在南方的杭州为官已有好几年了，尝尽了溪边之茶与山中之茶。

心中还依稀记得老朋友的样子，嘴不能说，但是心中自会明白。

我没有太多时间为你细说过往之事，试着评说这些茶的滋味勉强作为参考。

建溪所长的茶虽有所不同，但一一都如君子品性。

茶树丰茂非常可爱，不可轻慢于它。骨清肉腻，口感和平中正。

只能冲出雪花、雨脚状茶汤的草茶哪值得称颂，喝过建茶才知道真正的茶味会永留心中。

即使又苦又硬还是值得选用，就像汲黯的耿直与盖宽饶的勇猛一样。

草茶没有什么内蕴，空有其名。好一点的婀娜多姿（却无力），次一点的则顽固强悍（却虚张声势）。

茶体轻，强行浮在水上面，性凝滞却偏爱吐酸冷。

其间的绝品难道不好吗？张禹即便（看起来）是贤人但非骨鲠之臣。

形如葵花玉镑的茶并不容易得到，它们都长在道路幽深的高山云雾间。

谁知道从西边来的使者，打开封条大大方方就收下了百饼之多的茶。

细嗅茶香、仔细嚼味本来也都是寻常事，但透过包装纸觉得茶饼在闪闪发光。

有了这建溪茶，简直觉得龙团凤饼都是秕糠，与之类似的小龙团茶也一般，日铸茶只能做建茶的奴隶，双井茶也要称臣。

要好好收藏并爱惜，以后用来款待贵客，可不敢封装好了去巴结权贵。

这首诗写得有滋有味，千万不要外传，不然有些人读后会气得长出大脖子来。

茶里的君子与小人

这首茶诗之所以有名，是因为"乌台诗案"。

苏轼向来不合时宜，好发议论，他写给钱安道的这首诗，被李定、舒亶、何正臣等人抓住其中的个别字句，大肆构陷，朋九万在《乌台诗案·谢钱顗（yǐ）送茶一首》里说得明白。

熙宁六年（1073），在杭州通判任上的苏轼，到常州、润州（镇江）赈饥，途经秀州（嘉兴），与在这里的钱顗相遇。钱顗，字安道，无锡人，此时在秀州监酒税，他之前在御史台做官。钱顗曾弹劾王安石、曾公亮，被贬出京城。苏轼赞叹他的骨气，曾为他写诗《钱安道席上令歌者道服》，开篇曰"乌府先生铁作肝，霜风卷地不知寒"，称赞钱安道为"铁肝御史"。钱安道还有个弟弟叫钱道人，苏轼也应酬诗作《惠山谒钱道人烹小龙团登绝顶望太湖》，名句"独携天上小团月，来试人间第二泉"就出自这里。

在秀州重逢，钱顗有诗作以及茶赠送苏轼，《和钱安道寄惠建茶》是回赠诗。李定、舒亶、何正臣等乌台诗案操办者，却读出了不同寻常之处。

《乌台诗案·谢钱顗送茶一首》里说，苏轼在这首诗里，用"草茶无赖空有名，高者妖邪次顽懭"，讥讽世间小人，"乍得权用，不知上下之分，若不谄媚妖邪，即须顽懭狠劣"。另一句"体轻虽复强浮泛，性滞偏工呕酸冷"，同样讥讽小人，"体轻浮而性滞泥"。"其间绝品岂不佳，张禹纵贤非骨鲠"，说张禹虽有学问，细行谨饬，但终非骨鲠之臣，皇帝身边要都是像张禹这样的臣子，谁还会说真话？汉成帝问政于张禹，张禹对王氏专权只字不提，最后导致王莽篡位。如果皇帝听不到真话，距离亡国就不远了。"收藏爱惜待佳客，不敢包裹钻权幸。此诗有味君勿传，空使时人怒生瘿"，也有问题，居然说小人才以茶钻营弄权。

乌台诗案发生于元丰二年（1079），御史何正臣等上表弹劾苏轼，奏苏轼移知湖州到任后谢恩的上表中，用语暗藏讥刺朝政之意，随后又牵连出大量苏轼诗文为证，《和钱安道寄惠建茶》便是其中的一首。这案件先由监察御史告发，后在御史台狱审理。"乌台"即御史台，典出《汉书·薛宣朱博传》，汉代御史台中有柏树，野乌鸦数千栖居其上，故称御史台为"乌台"，亦称"柏台"。"乌台诗案"由此得名。

苏轼的《湖州谢上表》中，被揪出来说事的就是两句话："陛下知其愚不适时，难以追陪新进；察其老不生事，或能牧养小民。"公开表示自己不能与倡导变法的新贵合作。

苏轼受累于诗案，根源在于其反对变法。王安石变法牵连巨大，反对者皆被贬出朝廷。宋代党争，不至于要人命，但苏轼平日讲话写诗，口无遮拦，笔无收敛，早已得罪不少人。

就茶事来说，丁谓造龙团凤饼与蔡襄改造小龙团之事，就曾遭到苏轼的讥讽，他说他们为了争宠，竟然干出这样的事。苏轼在《荔支叹》里说："君不见武夷溪边粟粒芽，前丁后蔡相笼加。争新买宠各出意，今年斗品充官茶。吾君所乏岂此物，致养口体何陋耶。洛阳相君忠孝家，可怜亦进姚黄花。"

苏轼在自注里还把欧阳修拖下了水。苏轼讲，欧阳修一听说蔡襄要进小龙团，便惊呼道："君谟士人也，何至作此事！"然而，欧阳修在《归田录》中说到小龙团，可是带着崇敬的语气，即便是苏轼本人，得到皇帝赐的小龙团，也是感激涕零。南宋费衮《梁溪漫志》里有一种意见：另一个讽刺蔡襄的人，是富弼而非欧阳修。

蔡襄是苏轼殿试时候的主考官之一，苏轼这番言论，即便是在今天，也经常遭到蔡襄拥趸的反驳。

乌台诗案后，茶有了君子与小人的分野。

苏轼在《和钱安道寄惠建茶》里表达的是，君子品性和平中正，是正统的味道，像汲黯与盖宽饶，耿直勇猛，可以为君死；草茶如小人，阴险狡诈，就像张禹一样，表面贤良，可为了自保，一句真话也不敢讲，绝非骨鲠之臣。历史上的张禹，是以贤臣的面目存在的，但苏轼却觉得，越是这样的人，越要在关键时候站出来。

南宋的张杕读苏轼这首诗，读出了一些见解。他在一首题目很长的诗后作注，说苏东坡有些看不起草茶，但他觉得，"建茶如台阁胜士，草茶之佳者如草泽高人，各有风致，未易疵也"。张栻在《定叟弟频寄黄蘗仰山新芽，尝口占小诗，适灾患亡，聊久不得遣寄，今日方能写此》中写道："瘴雨昏昏梅子黄，午窗归梦一绳床。江南云腴忽到眼，中有吾家棠棣香。集云峰顶风霜饱，黄蘗洲前水石清。不入贡包供玉食，只应山泽擅高名。"

朱熹读到张栻这番妙论后大不以为然，他认为张栻"俗了建茶，却不如适间之说两全也"。朱熹自己的看法是："建茶如中庸之为德，江茶如伯夷齐叔。"建茶是腊茶，江茶是草茶，按照今天的说法，一个是精制，一个是初制。这体现出朱熹的中庸之道，哪方面都不得罪。

清代安徽桐城人张英，读苏轼的这番茶论则读出另一番见解，在他那本谈修养的《聪川斋语》里说："岕茶如名士，武夷如高士，六安如野士，皆可为岁寒之交。"岕茶是明代长兴与宜兴产的名茶，当地念"岕"为"卡"，六安茶也是这一时期的名茶，当地人念"六"为"陆"，有强烈的乡土意识，体现了浓烈的爱意。

张英还把饮茶与年纪对应起来："少年嗜六安茶，中年饮武夷而甘，后乃知岕茶之妙，此三种可以终老，其他不必问矣。"张英提醒，自己虽嗜茶，终日不离茶碗，但依旧要节约有度，不要过度饮用。

我书店楼下有一家茶店，名曰"和正"，我天天从他家门口走过，有时候我在那里蹭一泡茶，有时候蹭一顿饭。有一次喝陈年布朗山的茶，我借机考老板："你知道和正与茶的关系吗？"他露出狡黠的笑容："难道不是苏轼写的？"

张英说自己孤独的时候，就煮一壶茶，读读苏轼与陆游的诗，天天与他们的书相对，就像看到他们的容貌一样。这大约也是我写这本书的初衷。

◎ 新茶送签判程朝奉，以馈其母，有诗相谢，次韵答之

缝衣付与溧阳尉[1]，舍肉怀归颍谷封[2]。

闻道平反供一笑[3]，会须[4]难老[5]待千钟。

---

1 溧阳尉：这里指唐代诗人孟郊。

2 颍谷封：春秋时期郑国颍考叔执掌颍谷，《左传·郑伯克段于鄢》："颍考叔为颍谷封人，闻之，有献于公。公赐之食。食舍肉。公问之，对曰：'小人有母，皆尝小人之食矣，未尝君之羹。请以遗之。'"

3 此处用了汉代贤臣隽不疑的典故，典出《汉书·隽疏于薛平彭传》："每行县录囚徒还，其母辄问不疑：'有所平反，活几何人？'即不疑多有所平反，母喜笑，为饮食言语异于他时；或亡所出，母怒，为之不食。故不疑为吏，严而不残。"

4 会须：应当。

5 难老：长寿，多用作祝寿之辞。《诗经·鲁颂·泮水》："既饮旨酒，永锡难老。"郑玄笺注："已饮美酒，而长赐其难使老；难使老者，最寿考也。"

火前^{6}试焙分新胯^7，雪里头纲^{8}辍^{9}赐龙^{10}。

从此升堂是兄弟，一瓯林下记相逢。

6 火前：火前茶，也叫火前春，指寒食前采摘的早春新茶，寒食禁火，故得此
名。唐白居易《谢李六郎中寄新蜀茶》："红纸一封书后信，绿芽十片火前春。"

7 胯：即銙，详见前诗《和钱安道寄惠建茶》中所注。

8 头纲：指惊蛰前或清明前制成的首批贡茶。宋熊蕃《宣和北苑贡茶录》：
"每岁分十馀纲，惟白茶自惊蛰前兴役，浃日乃成，飞骑疾驰，不出仲春，已
至京师，号为头纲。"

9 辍：通"掇"，取物之意。

10 赐龙：指皇帝赐予龙团茶。宋施元之注《茶录》："福建贡茶，每若干，计
纲以进。国朝故事，第一纲团茶至，即分赐近臣。"

诗歌大意

慈母把缝好的衣服交给孟郊，颖考叔怀里包着肉回家奉母。

隽不疑的母亲听到有人的冤案被儿子平反了便会心一笑，祝寿本应当带着千钟酒，现在却只有茶。

寒食前试着焙下新分到的新銙茶，从雪中茶园的头纲茶里取出龙团。

从今往后大家都是官场上的兄弟，以林下一碗茶纪念这难得的相逢。

敬伟大母亲一杯茶

苏轼在这首诗里说了母亲与儿子的故事。

唐代诗人孟郊一生穷困潦倒，五十岁才中进士，被任命为溧阳县尉，又因作诗荒废曹务而被分去半薪。"溧阳衰尉"后来就指代文人落魄失意的境地。他仕途不顺，但母亲一直勉励他，著名的《游子吟》是孟郊高中后在接母亲的途中写的："慈母手中线，游子身上衣。临行密密缝，意恐迟迟归。谁言寸草心，报得三春晖。"

春秋时期的颍考叔去见郑庄公，郑庄公赐他食物，颍考叔吃的时候，将肉食都留了出来不吃，郑庄公奇怪地问他为什么，颍考叔很是感慨地说："我的母亲一直是由我来奉养，我吃啥她就吃啥，从来没吃过您赐给我的这种肉羹。请您允许我把这些肉羹带回家去，也让我母亲尝尝。"这也是成语"舍肉怀归"的出处，寓意儿子孝顺。

西汉名臣隽不疑巡视下属各县，复查囚犯有无冤情，回来后，他的母亲总会问："有没有被平反的人？有几个人因为平反而活命？"如果隽不疑说平反的人多，母亲就很开心，笑着给他夹菜，说话也与平常不太一样。如果没有人平反，母亲就发火，不做饭给他吃。于是隽不疑为官，严厉却不残忍。

苏轼连用三个母慈子孝的典故来表扬程之元的孝心，因为这点触动了苏东坡。

苏轼的母亲程夫人，也是一位伟大的母亲。

苏轼小时候，母亲教他读《后汉书·范滂传》。

苏轼被范滂的事迹打动，才十岁的他含着眼泪对母亲说出自己的志向，自己长大了要做范滂那样的人，问母亲是否容许他这样做。程夫人听后，也大为动容，她告诉苏轼："你能做范滂，我难道就不能做范滂的母亲吗？"

每次读范滂，都会被历史中伟大的心灵所震撼。他登车揽辔，有澄清天下之志，这曾深深影响过我。我曾经写过一本书，取名"红土揽辔"，以为致敬。

追捕范滂的故事，激荡人心。范滂被诬获罪，督邮吴导接到逮捕令，关闭驿馆大门，放声大哭。

他怎么能去逮捕范滂这样的人？

范滂听了后，立即去县衙投案。县令郭揖见到范滂后大惊失色，解下印绶就要带着范滂逃跑。范滂劝他："我死了祸患就终结了，哪敢用自己的罪来连累你，又害老母流离失所呢？"

范母来牢中与范滂诀别时，范滂对母亲说："弟弟可以孝敬供养母亲，我在黄泉之下侍奉父亲，我们各得其所。希望母亲大人忘掉分离，不要哀伤。"

范母却很自豪地说："你现在能够与李膺、杜密这样的名臣齐名，死了又有什么遗憾！已经有了好名声，又还想要长寿，这能够兼得吗？”

李膺与杜密合称李杜，都是汉代贤臣。李膺有天下楷模之称，他为官严明，上任青州刺史，官吏怕他，大多弃官而去。杜密也以贤明著称。他们两人同时死于党锢之祸。

范滂最后对儿子说："我想让你作恶，但恶事不应该做；想要让你行善，但我就是不作恶的下场。"

道路上的行人听到了，没有不流泪的。

范滂死时年仅三十三岁。

有一个普遍的观点是，苏轼母亲程夫人很有本事。第一，善持家，把一个苏家经营得衣食无忧，让丈夫与儿子都心无旁骛地读书；第二，懂教育，程夫人不仅把两个儿子教育得好，还把自己的丈夫苏洵也"教育"得很好，苏洵能大器晚成，与程夫人有莫大关系。而父子三人都成为震古烁今的大文豪，皆与程夫人的贤惠有很大关系。

程夫人死后，伤心之余的苏洵带领两个儿子，举家迁出眉州。

苏轼请前往吊唁的司马光为母亲写墓志铭，司马光笔下的程夫人，光彩照人。"贫不以污其夫之名，富不以为其子之累。知力学可以显其门，而直道可以荣于世。"她出身于富裕家庭，却为了丈夫的颜面，从不找娘家接济，在听说 27 岁的丈夫要发愤读书后，更是变卖嫁妆，操持商业买卖，几年后苏家竟然变得富裕起来。

程夫人贫时不哭，富时不显，既懂理财，又善疏财，时常周济亲戚邻里，钱财以年度为计划。这点非常打动司马光，他也是一位勤俭持家的人，司马光写给儿子司马康的家书《训俭示康》里说："吾本寒家，世以清白相承。"他说自己不喜奢华，后来得了功名，连参加皇家喜宴都没戴花，平生穿衣只为了抵御寒冷，饮食只为了填饱肚子。

程夫人还有一个故事值得说说。苏家租住在纱縠行的时候，有一天，两个婢女在晒布时，突然脚陷进地里去了。爬上来一看，地面陷进去几尺深，里面埋了个大瓮，上面盖着乌木板。程夫人却让大家把土掩埋回去，忘记下面可能有宝物这件事。

后来苏东坡到凤翔就任，在居所的一棵大柳树下发现某处疑似藏有宝物，他本想打开看看，但他的妻子却说："婆婆如果还在的话，一定不会让挖的。"苏东坡听后，想到母亲曾经放弃挖宝的事，非常惭愧，便放弃了挖宝行动。

后世许多人注意到，苏母不是以苏夫人而是以程夫人的称谓流芳后世的，这是非常少见的。

苏轼这首诗是写给程朝奉的，程朝奉便是程之元，字德孺，眉山人，曾任右朝奉郎，他是苏母程夫人的娘家人，苏轼的表弟。

程之元是苏轼外公程文应的孙子，他的哥哥程之才娶的是苏轼的姐姐八娘，但苏程两家因为苏八娘的去世而交恶。苏洵公开表达了对程家的不满，在程夫人死后，苏家甚至拒绝了程家来吊唁。苏洵在妻子离世后，带着全家人赴京，两家人自此断了往来，有四十年之久。

程家兄弟，之才、之元、之邵都与苏轼、苏辙同朝为官，上一代的恩怨在他们步入中年后冰释，双方相逢一笑，一碗茶中泯恩仇。苏轼、苏辙诗文中，有许多与程家兄弟唱和的诗作与书信，这想必也是程夫人最愿意看到的。

◎ 生日，王郎以诗见庆，次其韵，并寄茶二十一片

折杨[1]新曲万人趋，独和先生《于蒍于》[2]。

但信椟藏[3]终自售[4]，岂知碗脱[5]本无橅[6]。

---

1 折杨：古曲名。《庄子·天地》："大声不入于里耳，《折杨》《皇华》则嗑然而笑。是故高言不止于众人之心，至言不出，俗言胜也。"《折杨》《皇华》都是庄子所处的时代流行的俗曲，欣赏的人很多，可是真正有深刻内容的高言、至言则不被人欣赏。

2 于蒍（wěi）于：歌曲名。为唐元德秀所作。《新唐书·卓行传·元德秀》："德秀惟乐工数十人，联袂而歌《于蒍于》。《于蒍于》，德秀所为歌也。"唐权德舆《醉后戏赠苏九㑞》："劝君莫问长安路，且读鲁山《于蒍于》。"

3 椟藏：椟，盒子，椟藏，指盒中封藏之物。宋黄庭坚《被褐怀珠玉》："椟藏心有待，褐短义难降。"

4 自售：炫玉自售，自夸其才以求任用或信任。

5 碗脱：依模型制成的碗，比喻人人相似，无甚分别。宋王巩《寄山谷》："北海未常樽有酒，冯驩何止食无鱼。黔州碗脱无蒸饼，自合官称削校书。"

6 橅（mó）：通"摹"，照着样子画或写。

朅⁷从冰叟⁸来游宦⁹，肯伴臞仙¹⁰亦号儒。

棠棣¹¹并为天下士¹²，芙蓉曾到海边郛¹³。

不嫌雾谷霾松柏，终恐虹梁¹⁴荷栋桴¹⁵。

高论无穷如锯屑¹⁶，小诗有味似连珠¹⁷。

---

7 朅（hé）：通"曷"，何，语气助词。

8 冰叟：冰翁，指岳父。《世说新语·德行》："裴叔道曰：'妻父有冰清之姿，婿有璧润之望，所谓秦晋之匹也。'"

9 游宦：离开家乡在外地做官。

10 臞（qú）仙：清瘦的仙人。比喻隐居不仕、形容清癯的儒者。

11 棠棣：典出《诗经·小雅·常棣》："常棣之华，鄂不韡韡，凡今之人，莫如兄弟。"常通棠，自此"棠棣"成为比喻兄弟情深的美好意象。三国魏曹植《求通亲亲表》："中咏《棠棣》匪他之诚，下思《伐木》友生之义。"

12 天下士：非凡之士。典出《史记·鲁仲连邹阳列传》："始以先生为庸人，吾乃今日知先生为天下之士也。"唐高适《咏史》："不知天下士，犹作布衣看。"

13 郛（fú）：大城。《说文解字》："郛，郭也。字亦作垺。"

14 虹梁：高架而拱曲的屋梁。汉班固《西都赋》："因瑰材而究奇，抗应龙之虹梁。"李善注："应龙虹梁，梁形如龙，而曲如虹也。"

15 栋桴：屋梁。栋，正梁；桴，二梁。汉班固《西都赋》："列棼橑以布翼，荷栋桴而高骧。"

16 锯屑：锯木屑。形容娓娓不绝的言谈。

17 连珠：典出《汉书·律历志》："日月如合璧，五星如连珠。"本指一种天象，后用来比喻美好的事物聚集在一起。

感君生日遥称寿[18]，祝我馀年老不枯。

未办报君青玉案[19]，建溪新饼截云腴[20]。

---

18 称寿：祝人长寿。三国魏吴质《答魏太子笺》："置酒乐饮，赋诗称寿。"
唐薛奇童《云中行》："举杯称寿永相保，日夕歌钟彻清昊。"

19 青玉案：指回赠的礼物。典出东汉张衡《四愁诗》："美人赠我锦绣段，何
以报之青玉案。"

20 云腴：茶的别称。唐皮日休《奉和鲁望四明山九题·青棂子》："味似云腴
美，形如玉脑圆。"宋黄儒《品茶要录》："借使陆羽复起，阅其金饼，味其云
腴，当爽然自失矣。"

诗歌大意

《折杨》新曲有上万人在追捧，我独想与先生和一曲《于蔿于》。

姑且相信藏在匣中的美玉总有自售之时，却不知碗脱本来就没有什么模具。

你跟随岳父离开家乡宦游，肯陪在瞿仙身边也能成为儒者啊。

兄弟你是非凡之士，盛开的荷花也曾开到海边大城。

山谷里的松柏并不会介意雾霾，就怕被砍伐去，削成木材来建造那豪华屋宇。

高妙的言论如锯木时的木屑连绵不绝，读有味的小诗就像连串的宝珠一个接着一个。

感谢你为我的生日遥遥祝寿，愿我余生老而不枯。

还没有准备报答你的回礼，就把这滋味丰厚的建溪新饼寄给你吧。

茶里知音

此诗创作时间是元丰六年（1083）农历十二月十九日，苏轼四十八岁生日。

王郎是谁？苏轼弟弟苏辙的女婿王适，字子立。

当时苏轼在黄州，苏辙与王适在筠州（今江西高安），王适寄来祝寿诗与礼物，苏轼次其韵写了这首七言排律。次韵是旧时古体诗词写作的一种方式，按照原诗的韵和用韵的次序来和诗，也叫步韵。

王适年少的时候拜在苏轼门下，读了三年，苏轼赞他"贤而有文，喜怒不见，得丧若一"，还说他像自己的弟弟苏辙，"是有类子由者"。王适跟随苏辙学习了六年，后来，王适娶了苏辙的次女，学生成了侄女婿，苏轼自是欢喜。

苏家与王家的联姻，延续到了下一代。苏轼长子苏迈的儿子苏符，后来娶了王适的女儿第十四娘。王适还是苏轼兄弟一家六位男子的老师，苏轼说："子立又从子由谪于高安、绩溪，同其有无，赋诗弦歌，讲道著书于席门茅屋之下者五年，未尝有愠色。余与子由有六男子，皆以童子从子立游，学文有师法，人人自重，不敢嬉宕，子立实使然。"

苏轼写过不少诗文给王适，王适英年早逝，死时才三十五岁，他的墓志铭是苏轼写的。

《生日，王郎以诗见庆，次其韵，并寄茶二十一片》用了很多典故，可能面对亲人，苏轼选择了一种委婉曲折的表达方式。选几个说说。

《折杨》是庄子时代流行的歌曲，大家都很喜欢。庄子感慨地说，稍微高雅点的曲子就没有人欣赏了，后来这种现象被宋玉总结为下里巴人与阳春白雪。宋玉说，唱《下里》《巴人》这样的流行曲，能和的人有好几千；唱《阳阿》《薤（xiè）露》的时候，能跟着唱的只有几百个；等到《阳春》《白雪》，就已经没有几个人能跟上了。

比起《折杨》的下里巴人来，《于蒍于》就显得曲高和寡，但还是有知音。唐玄宗听到《于蒍于》时就说："这是贤人说的话啊！"

《于蒍于》的作者元德秀，字紫芝，道德高尚，学识渊博，为政清廉，深受时人推崇。元德秀爱山水，常常弹琴以自娱。宰相房琯见到他时，叹息道："见紫芝眉宇，使人名利之心都尽。"

苏轼用《折杨》与《于蒍于》来说知音，苏轼是听得懂王适的高雅之音的人。

苏轼接着又讲了一个《论语》里的"椟藏"的故事。有一天，子贡问孔子："我这里有一块美玉，是把它收藏在柜子里，还是找一个识货的商人卖掉？"孔子果断地说："卖掉吧，卖掉吧！我正在等着识货的人呢。"

良才要遇到能赏识他的伯乐啊。

"碗脱"说的是武则天做太后垂拱之际，批发官帽，满大街都是官。补阙一车接着一车拉不完，拾遗像米粒一样可以一斗一斗地量，侍御史像钉耙齿那么多，校书郎个个都一个样。时有童谣："补阙连车载，拾遗平斗量，欋椎侍御史，碗脱校书郎。"

"冰翁"说的是岳父与女婿的故事。

东晋时的卫玠是个美男子，年少时乘坐羊车到街市去，人们纷纷去观看他，称其为玉人。骠骑将军王济是卫玠的舅舅，英俊豪爽，有风度姿容，但每次见到卫玠，都叹息说珠玉在身旁，就觉得自己形貌丑陋。他又对别人说，与卫玠一同出游，就像有光亮的珠子在旁边，光彩照人。

卫玠长大后，好谈玄理。琅琊人王澄有名望，很少推崇别人，但每当听到卫玠的言论，就叹息倾倒。王澄与王玄、王济都有盛名，但遇到卫玠不免落入下风，所以有"王家三子，不如卫家一儿"之说。卫玠的岳父乐广全国闻名，时人评价说："岳父像冰一般清明，女婿像玉一样光润。"

后人以"冰翁"来指代岳父，苏轼这里用来夸自己的弟弟苏辙与王适。

"臞儒"指清瘦的儒者，看似仙人，其实是隐士。《史记·司马相如传》云："相如以为列仙之儒居山泽间，形容甚臞，此非帝王之仙意也，遂奏《大人赋》。"司马相如认为，隐居的儒士看似清心寡欲脱俗似仙人，但他们都太过瘦削，并非神仙该有的气度。苏轼很喜欢司马相如这个观点，在《雪后便欲与同僚寻春，一病弥月，杂花都尽，独牡丹在尔。刘景文左藏和顺阇黎诗见赠，次韵答之》中也写道："载酒邀诗将，臞儒不是仙。"在《黄鲁直以诗馈双井茶，次韵为谢》里，苏轼说："列仙之儒瘠不腴，只有病渴同相如。"

为什么喜欢这个观点？因为苏轼觉得自己胖啊。苏轼也有容貌焦虑。

"天下士"说的是战国时期的鲁仲连，他是齐国人，长于阐发奇特宏伟、卓异不凡的谋略，却不肯做官任职，一直保持高风亮节。面对千金奖励，鲁仲连说："杰出之士所以被天下人崇尚，是因为他们能替人排除祸患、消释灾难、解决纠纷而不求报酬。如果收取酬劳，那就成了生意人的行为，我鲁仲连是不忍心那样做的。"

李白很崇敬鲁仲连，经常在诗中提到。

芙蓉，即荷花。"制芰荷以为衣兮，集芙蓉以为裳。不吾知其亦已兮，苟余情其信芳"，自屈原咏芙蓉以来，芙蓉便成为一种高尚纯洁品质的象征。《古诗十九首》之六诗云："涉江采芙蓉，兰泽多芳草。采之欲遗谁，所思在远道。"采了芙蓉之后赠给谁呢？我所思念的人在遥远的他乡。

松柏作为高洁君子的象征，被说得太多了。《荀子·大略》里说"岁不寒无以知松柏，事不难无以知君子"，南宋赵崇嶓有首《松柏》讲了宋人对松柏的看法："松柏生高冈，不依贵者门。松柏长青青，却荫贵者坟。生非门墙交，而与丘陇亲。"

霾这种困扰当代人的环境污染，出现得比我们想象的还要早，有些人甚至从甲骨文里找到了出处。《诗经·终风》中有"终风且霾，惠然肯来"，说大风刮起，浮尘遮天。《晋书》里说霾："凡天地四方昏蒙若下尘，十日五日已上，或一月，或一时，雨水沾衣而有土，名曰霾。"霾与土相关，雾与水相关。今天，大家把北京的雾霾天称呼为"下土"，很贴切。

松柏连风雪都不惧，怎么会受雾霾影响呢？但松柏唯恐被砍伐去，做成木材，去支撑那些看似豪华繁丽的屋宇，那就无法全生了。

胡毋辅之，复姓胡毋，名辅之，字彦国，是魏晋时期有名的名士。任性放达，好饮酒。胡毋辅之刚到江南时，与谢鲲等人披头散发袒露胸腹，闭门饮酒数日。他的好友，名士光逸不约而至，要硬闯大门进去，守卫不准，光逸就在门外脱去衣服，从狗洞探进头去张望大叫。胡毋辅之惊呼说："别人绝不可能这样，肯定是我的光逸了。"于是把他叫进来，一起欢饮。

王澄评价胡毋辅之："吐佳言如锯木屑，霏霏不绝，诚为后进领袖也。"

他们喝酒，可以发高论如木屑连绵不绝，王适啊，我们品茶，诗味如连珠滚滚而来。

"青玉案"典出张衡的《四愁诗》，在诗里，张衡说了美人的四种赠礼，"美人赠我金错刀，何以报之英琼瑶"，"美人赠我金琅玕，何以报之双玉盘"，"美人赠我貂襜褕，何以报之明月珠"，"美人赠我锦绣段，何以报之青玉案"，"青玉案"后来用来指代回赠的礼物。

苏轼有什么回礼？刚好有建溪新茶。

好茶酬知音。

◎ 次韵江晦叔兼呈器之

横空初不跨鹏鳌[1]，但觉胡床[2]步步高[3]。

一枕昼眠春有梦，扁舟夜渡海无涛。

归来又见颠茶陆[4]，多病仍逢止酒陶[5]。

笑说南荒底处所，只今榕叶下庭皋[6]。

---

1 鹏鳌：鹏与鳌，传说中为神仙的坐骑。

2 胡床：古代的胡床实际就是今天还在使用的轻便折叠凳子，北宋时期，工匠为胡床添置了靠背和扶手，于是便可以倚靠了，就是后来的交椅。

3 苏轼自注："器之言尝梦飞，自觉身与坐床皆起空中。"

4 苏轼自注："往在钱塘尝语晦叔，陆羽茶颠，君亦然。"

5 苏轼自注："陶渊明有《止酒》诗，器之少时饮量无敌，今不复饮矣。"

6 庭皋：亦作"亭皋"，水边的平地。庭，通"亭"，平之意。

诗歌大意

器之说曾梦到自己就像横空出世的人不用乘鹏与鳌也能飞，眼看着身下的胡床一步步高升起来。

一觉醒来才发现只不过是一场春梦而已，在梦里，扁舟野渡江海连浪涛都没有。

此番归来，见到江公著这位茶癫饮茶依旧，而器之这位酒徒却因为健康原因不喝酒了。

大家一起说笑被贬到南荒之地所住的地方，如今只是大榕树下的一块平地罢了。

一杯热茶喜相逢

江晦叔是江公著，器之是刘安世，他们都出自司马光的门下，一个爱茶一个好酒。苏轼与两位老友，经历过一番生死离别后，能在虔州（今江西赣州）再次相逢，宛如一场美梦，也只有在梦里才没有惊涛骇浪。

建中靖国元年（1101）正月，苏轼结束了被贬岭南、海南的两次经历，奉诏回京。从广东回京，需要翻越江西与广东交界的大庾岭，然后再走水路回京城。当年二月，苏轼抵达虔州时，刚好江公著在这里当知州，另一位因为党争被贬岭南的刘安世恰好也北归到此。三位老朋友见面，自然是欣喜万分，加上赣江水浅不能舟行，于是苏轼二人便留了下来，每天在这里喝茶谈诗，参佛论禅。

江公著，严州（今浙江建德市）人。宋英宗治平四年（1067）进士。初任洛阳尉，哲宗元祐初通判陈州，累官提点湖南刑狱、京西转运使。江公著负有诗名。

刘安世是著名的言官，时人称为"殿上虎"，党争时被贬英州与梅州。刘安世进士及第后，并没有忙着去从政，而是投身到司马光门下学习。

苏轼与江公著交往的诗文较多，其中《次韵江晦叔二首》获得较高评价。

其一

人老家何在，龙眠雨未惊。

酒船回太白，稚子候渊明。

幸与登仙郭，同依坐啸成。

小楼看月上，剧饮到参横。

其二

钟鼓江南岸，归来梦自惊。

浮云时事改，孤月此心明。

雨已倾盆落，诗仍翻水成。

二江争送客，木杪看桥横。

等赣江水涨，北行。那种北归的心情，其实都在这两首诗里。

胡仔在《苕溪渔隐丛话·后集》中说，苏东坡从岭南归来后，心情大不一般，"浮云时事改，孤月此心明"，这两句很高明，"语意高妙，有如参禅悟道之人。吐露胸襟，无一毫窒碍也"。

只有经历了大风大浪，才能如此从容吧。

"回首向来萧瑟处，归去，也无风雨也无晴。"

苏轼与刘安世，早些年不仅不是朋友，甚至还有过一些摩擦。

苏轼在中书省与刘安世共事时，每遇苏轼处事逾越分寸时，刘安世就会搬出典故来约束他，苏轼当时很生气，骂他是个土包子，不懂得变通，可偏偏又知道那么多典故！但刘安世说，苏轼啊，你不要因为自己有才就擅改典故。

多年后，他们成了被贬得最偏远的两个人，在虔州的重逢，让两人重新认识了对方，刘安世称苏轼改掉了浮华豪习，苏轼赞刘安世为铁石人。

他们滞留虔州时，苏轼听说山里竹笋很好吃，便邀约刘安世同游。刘安世好谈禅，但不喜欢游山。苏轼爱谈禅，更爱吃笋。于是他编了一个故事，说寺院有"玉版禅"可参。等到了光孝寺的廉泉，他们便坐下来烧笋共食。刘安世觉得笋味鲜美，便问苏轼："这是什么？"苏轼回答说："这就是玉版啊，我的朋友。"刘安世这才反应过来，被苏轼骗了，但还是很高兴。

苏轼后来写了《器之好谈禅，不喜游山，山中笋出，戏语器之可同参玉版长老，作此诗》：

> 丛林真百丈，法嗣有横枝。
>
> 不怕石头路，来参玉版师。
>
> 聊凭柏树子，与问籜龙儿。
>
> 瓦砾犹能说，此君那不知。

淳熙七年（1180），刘安世的子孙为他向朝廷请谥，宋孝宗对宰执说："元祐党籍里，朕差点要忘记此人了。"宰相赵雄说："党籍所列'从官'，以苏轼为首，刘安世是第二名。现在他的语录还在世间流传。"孝宗于是下诏赐其谥号"忠定"。

我曾看到一种说法，但不记得出处了。章惇发配苏轼的时候，是看着地图决定贬谪地的。他看到儋州的时候，马上与苏轼的字"子瞻"联系起来，于是苏轼因此被贬儋州。章惇发配刘安世的时候，看到昭州（今广西平乐）这个地方，就拍手称快，为什么呢？昭，音通"糟"。

◎ 次韵完夫再赠之什，某已卜居毗陵，与完夫有庐里之约云

柳絮飞时笋箨[1]斑，风流二老[2]对开关。

雪芽我为求阳羡，乳水君应饷惠山。

竹簟[3]凉风眠昼永[4]，玉堂制草[5]落人间。

应容[6]缓急烦闾里[7]，桑柘[8]聊同十亩闲[9]。

---

1 笋箨（tuò）：竹笋皮。箨，竹笋外层一片一片的壳。宋苏轼《和文与可洋川园池三十首·寒芦港》："溶溶晴港漾春晖，芦笋生时柳絮飞。"

2 二老：尊称同时或异代齐名的长者二人，这里苏轼是戏称朋友胡宗愈与自己。

3 竹簟（diàn）：竹子做的凉席。

4 昼永：白昼漫长。宋洪迈《容斋三笔·李元亮诗启》："元亮亦工诗，如'人闲知昼永，花落见春深'。"

5 制草：起草诏令的文稿。《宋史·李仲容传》："自集制草为《冠凤集》十二卷。"

6 应容：应接的仪容。《吕氏春秋·审应》："人主出声应容，不可不审。"

7 闾里：平民居住地。《周礼·天官·小宰》："听闾里以版图。"贾公彦疏："在六乡则二十五家为闾，在六遂则二十五家为里。闾里之中有争讼，则以户籍之版、土地之图听决之。"

8 桑柘（zhè）：桑木与柘木，代指农桑之事。

9 十亩闲：语出《诗经·魏风·十亩之间》："十亩之间兮，桑者闲闲兮，行与子还兮。"朱熹认为是"往来者自得之貌"。

诗歌大意

　　柳絮飞的时候竹笋壳已经长斑了，你我两个风雅闲人相约要在这山水清佳之地作邻居。

　　要说好茶，我求来了阳羡的雪芽，好水嘛你也应该回赠惠山泉啊。

　　白昼漫长，闲睡有凉风竹席相伴，本应在殿堂里的诏令文稿也落到了民间。

　　应接的仪容或舒缓或紧急，还要劳烦到巷里邻居，在一起随意聊聊农桑之事。

葬在河南

胡宗愈，字完夫，苏轼好友。与苏轼同年科考落榜，后来成为嘉祐四年（1059）的榜眼。胡宗愈因《君子无党论》获得宋哲宗青睐，被任命为尚书右丞（副宰相）。

胡宗愈与苏轼关系不错，曾经约定一起终老于胡宗愈的老家常州，可惜胡宗愈先走一步。苏轼生命最后的岁月，是在常州度过的。他葬在哪儿了？河南郏县。

苏轼为什么没有告老还乡？因为宋代有一股不回乡的风气。苏轼的老师欧阳修，祖上是江西吉安人，他自己出生在四川绵阳，生命最后的岁月在阜阳度过。葬在哪儿？河南新郑。范仲淹祖籍陕西彬州，后迁居江苏吴县，病逝于江苏徐州。葬在哪儿？河南伊川。

苏轼最开始相中的地方是宜兴，为此地写了不少赞歌，还买了地。"买田阳羡吾将老，从来只为溪山好"，"阳羡姑苏已买田，相逢谁信是前缘"。宜兴山水养人，苏轼在《楚颂帖》里说："吾来阳羡，船入荆溪，意思豁然，如惬平生之欲。逝将归老，殆是前缘。"

◎ 雨中过舒教授

疏疏¹ 帘外竹，浏浏² 竹间雨。

窗扉静无尘，几砚寒生雾。

美人³ 乐幽独，有得缘无慕。

坐依蒲褐⁴ 禅，起听风瓯⁵ 语。

客来淡无有，洒扫凉冠履。

浓茗洗积昏，妙香净浮虑⁶。

归来北堂暗，一一微萤度。

此生忧患中，一饷安闲处。

---

1 疏疏：楚楚之意，表示鲜明、整洁。

2 浏浏：形容水流无阻。

3 美人：此处指舒焕教授。在古典语境里，美人指有德行的君子。

4 蒲褐：蒲团褐衣，僧人打坐以及跪拜时用的圆垫与所穿衣物，亦借指佛学或佛教徒。宋苏轼《次韵周长官寿星院同钱鲁少卿》："困眠不觉依蒲褐，归路相将踏桂华。"

5 瓯：陶器、瓦器。这里指风吹屋檐下的装置而发出声音。

6 浮虑：世俗的烦恼。

飞鸢悔前笑，黄犬悲晚悟。

自非陶靖节⁷，谁识此闲趣。

---

7 陶靖节：陶渊明。

诗歌大意

帘外的竹子鲜明整洁，竹间的雨流通畅。

窗边清静无尘，案几上的砚台寒得要起雾。

美好的人乐意幽处独坐，有所得缘自心不慕外物。

坐着的时候听和尚禅语，起来的时候听风吹陶瓯的声音。

客人来也不讲究什么条件，洒扫后晾着帽子与鞋子。

浓浓的茶水洗去长久的昏昧，妙香净化了世俗的烦恼。

归来后发现北堂暗淡，萤火虫一个接着一个地飞来。

这一生都在忧患中度过，在这里才得了片刻安闲。

马援观飞鹰悔悟，李斯牵黄犬不得。

我毕竟不是陶渊明，谁又会欣赏这种闲趣？

飞鹰与黄犬

舒焕，字尧文，睦州人。熙宁六年（1073）进士，熙宁十年（1077）任徐州教授，当时苏轼在徐州任知州。

《雨中过舒教授》里有两个著名的典故，分别是马援与李斯的故事。

"飞鸢"是老鹰，讲的是马援的典故。马援被封新息侯后，有一次感慨地对属下说，他的表弟马少游曾经告诉他，读书人够吃够喝，有辆马车，能当个小官养活自己就很好了，奢求得太多是自讨苦吃。后来马援南征的时候，在沼泽迷雾之中，见到一只雄鹰被毒气熏得坠入了水中，忽然想起表弟的劝告，就感慨人不应该过分追求功名利禄。

"黄犬"典故，出自李斯。李斯死前，想到自己跌宕起伏的一生，对他儿子说，他这一生最快乐的时光，就是牵着大黄狗，与儿子一起去追兔子。

无论是马援还是李斯，抑或是写这首诗的苏东坡，都在官场浮沉中度过了一生，只有陶渊明，彻底断了这条路，活出了不一样的人生。

"此生忧患中，一饷安闲处。"一生在忧患中度过的人，能有片刻安闲时间，来一杯茶，沉浸其中，是多么难得啊。

战争与茶道艺术的发展有一定关系。目睹安史之乱带来的灾难的陆羽，发展茶道艺术，就是为了让人可以在烧水煮茶中，让灵魂安顿片刻。

千利休发展日本茶道的时候，正值丰臣秀吉带兵四处砍杀之际，他们出门是武士，回到茶室是茶人。茶道提醒着他们，他们不是只懂得杀戮的野蛮人，还是懂得品饮艺术的茶人。

同样，英国在全球殖民的过程中，在印度、在北美，哪一处不是经历了血腥的战争？但他们收起刀枪的时候，摆出了制作精美的茶器，用下午茶来招待当地人。下午茶是文明的范式，是英国人确定自己是文明人的标志，不然他们与争地盘的猴子有什么区别？日不落帝国左手战争、右手茶，把下午茶带到了全球。

美剧《犯罪现场调查》第二季第八集片尾，娱乐场所美丽的女主人请犯罪调查科主任葛瑞森一起喝下午茶，她精心准备的茶具与优雅的泡茶法让葛瑞森大为感动。葛瑞森问她："你怎么知道我喜欢品饮下午茶？"女主人回答他，像你这样一生都致力于揭露真相的人，长期与罪恶打交道，内心难免幽暗，你享受下午茶，沉浸在其中，就可以得到片刻舒缓，下午茶让你相信人类创造过文明。

那么，此时，你想到的自己最开心的瞬间在哪里？

◎ 送周朝议守汉州

茶为西南病，岷¹俗记二李²。

何人折其锋，矫矫³六君子⁴。

君家⁵尤出力，流落初坐此⁶。

谓当收桑榆⁷，华发看剑履⁸。

胡为犯⁹风雪，岁晚行未已¹⁰。

---

1 岷：岷江，这里泛指蜀地。

2 二李：苏轼自注，这里指李杞与李稷。

3 矫矫：卓尔不群状。

4 六君子：苏轼自注，六君子是指周思道和其侄周正孺，以及张永徽、吴醇翁、吕元钧、宋文辅。

5 君家：尊词，贵府、您家之意。

6 坐此：因此。宋苏轼《和顿教授见寄，用除夜韵》："一生涸尘垢，晚以道自盥。无成空得懒，坐此百事缓。"

7 桑榆：桑树与榆树。日落时光照桑榆树端，太阳要落山了，比喻人到了晚年，事情到了收尾阶段。

8 剑履：重臣的地位尊贵显达，皇帝特许上殿时可不解佩剑、不脱履，以示殊荣。

9 犯：冒着。宋苏轼《岐亭五首·其一》："知我犯寒来，呼酒意颇急。"

10 未已：不止。

念归诚得计，顾自为谋耳。

吾闻江汉间，疮痏[11]有未起。

莫轻龚遂[12]老，君王付尺棰[13]。

召还当有诏[14]，挽袖谢邻里。

犹堪作水衡[15]，供张[16]园林美。

---

11 疮痏（wěi）：伤痕，泛指灾苦之民，这里指茶叶专卖制度给百姓造成了灾祸。

12 龚遂：西汉官员，颇有政绩，老死在水衡都尉任上。

13 尺棰（chuí）：棰，鞭子，马鞭。尺棰，指权力。汉桓宽《盐铁论》："今之治民者，若御拙马，行则顿之，止则击之，身创于棰，吻伤于衔，求其无失，何可得乎？"

14 诏：君主下的命令。

15 水衡：水利官员之称。《汉书·百官公卿表》："古山林之官曰衡，掌诸池苑，故称水衡。"

16 供张：陈设供宴会用的帷帐、用具、饮食等物。亦谓举行宴会。

诗歌大意

茶法在西南为人诟病，蜀地民间把这笔账记在李杞与李稷头上。

是什么人挫了他们的锋芒？是那卓尔不群的六君子啊。

您家尤其出了大力啊，因此才流落在外。

要我说，得往长远了看，白发的时候就会享受佩剑上殿的荣誉。

为什么要冒着风雪前行，一年要到头了还行走在路上？

想要回归，确实需要好好思量一番，这是自己为自己谋划啊。

我听说广汉这个地方，还没有茶叶专卖制度。

不要轻视老了的龚遂，他手上有君王托付的权杖啊。

召还得有皇帝的诏令，到时卷起袖子向邻里的百姓致谢。

就像那些管水利山林的官员，要把园林之美陈设出来啊。

为茶农呐喊的六君子

六君子是哪几位？

周表臣，字思道，成都人。他曾任朝议大夫，后去汉州任职。汉州就是今天的四川省广汉市。苏辙也有送行诗，说明周表臣与苏轼兄弟相处得不错。

周正孺，是周表臣的侄子周尹。

张宗谔，字永徽，蜀人，时任利路漕臣。苏轼说他"年六十七，须发不甚白，而精爽紧健，超逸涧谷，上下如飞，此必有所得。相逢数日，但饮酒啸歌而已，恨不款曲问其所行"。

吴师孟，字醇翁，成都人。第进士，累迁凤州别驾。因反对王安石变法被罢免，后知蜀州，又论茶法害民，后辞职归故里。

吕陶，字元钧，号净德。眉州彭山人，时任彭州知州，著有《净德集》。

宋大章，字文辅。时任绵州彰明县知县。

南宋洪迈在《容斋随笔》里，专门引用苏轼这首《送周朝议守汉州》来说四川"榷茶"引发了蜀地六君子的不满。

所谓榷茶，就是茶叶由政府专卖，不允许民间贸易。茶农的茶叶必须卖给国家，再由国家出售给商人，这样国家就可以从中赚取极大的利润。苏轼在《叶嘉传》里也说到榷茶对国家富强的战略意义，其实本质上就是沿袭汉代的盐铁专卖制度。

洪迈《容斋随笔》记载，宋神宗熙宁七年（1074），朝廷派遣三司干当公事李杞经营筹划买茶事宜，并让蒲宗闵共同负责。李杞创设了官场，总计增收为四十万贯。一贯即一缗，就是将一千文铜钱穿在一起。李杞因病离任后，他的职位由都官郎中刘佐继任，蜀地产的茶叶全部由官场专卖，老百姓更加难以承受。

彭州知州吕陶进言："天下的茶法都已行通商法（民商自由买卖），唯有蜀中仍实行专卖。李杞、刘佐、蒲宗闵的做法不合时宜，严重困扰了西南百姓的生计。"刘佐因弹劾被罢免，茶官位置由国子监博士李稷接替。但上书建议罢免榷茶的吕陶也因此被治罪。

当时，侍御史周尹大力论述专卖茶叶的害处，被贬为河北提点刑狱。利路漕臣张宗谔和张升卿二人建议废除茶场司，依旧恢复茶叶通商，被李稷弹劾而遭贬官。茶场司行公文督促绵州彰明县知县宋大章，宋大章将公文驳回，认为实行专卖不当。李稷认为宋大章是在抗拒，宋大章因此被贬职。一年之间，整个专卖茶叶定额的赋税及损耗达到七十六万缗有余。

四川的榷茶是在宋神宗熙宁七年才开始的，之前奉行的都是通商制，茶农与商人自由交易，官府向商人征收商税，向茶园农户按照两税比例收取茶税。榷茶后，茶农收益大降，熙宁十年（1077）前，四川彭州九陇县的早茶，每斤才售得60至70文，但往年每斤能卖90至100文。成都六月以后采摘的晚茶，最贵者每斤也不过30文。

元祐初年（1086），苏辙在《申本省论处置川茶未当状》中批评朝廷在蜀地的榷茶制度有问题，造成了茶业市场的混乱。四川地区的名山茶叶官榷，但雅州、庐山、荥经等地区不官榷，这也导致了茶叶流通的混乱。

苏辙还在《论蜀茶五害状》里说，因为榷茶失当，造成茶贩王小波、李顺造反起义，给朝廷带来无妄之灾。"近岁李杞初立茶法，一切禁止民间私买，然犹所收之息止以四十万贯为额，供亿熙河。至刘佐、蒲宗闵提举茶事，取息太重，远人始病。"

所谓"熙河开边"，指的是北宋熙宁年间，在宰相王安石的支持下，由王韶主持，宋朝先后收复了宕、叠、洮、岷、河、临（熙）六州。庞大的军费开支随之而来，成都府每年要交10万交子到熙河支援边费。后来因为西北蕃人嗜茶，愿以马换茶，于是朝廷才派李杞到成都考察榷茶事务。在李杞的倡议下，成立了专司茶政与马政的"都大提举茶马司"，主要职责是"掌收摘山之利以佐邦用，凡市马于蕃夷，以茶易之"。

茶马司的权力非常大，可以自主决定本系统官员任免，还可以弹劾干扰茶场事务的州县官员，甚至可以处理产茶县的民事案件。《宋史》里说，茶马司权出诸司之上，这就是为什么六君子批评茶政会遭到贬黜。宋代茶法，相关文献非常多，但研究者寥寥无几，推荐大家读读黄纯艳的《宋代茶法研究》。

茶马司在四川省雅安市的遗迹还在，我考察茶马古道的时候专门去看过。

苏轼在《送周朝议守汉州》一诗中提及的李杞、李稷，是负责蜀地榷茶的人，李杞为太子中舍，而周表臣、周尹、张宗谔、吴师孟、吕陶、宋大章等六人因反对茶叶专卖而受到处罚，苏轼认为这六人所倡实为正义之举，配得上"六君子"之称，这也是茶文化中最早的六君子。现在也有"茶马古道六君子"之说，但指的是当年考察茶马古道的六个人。

茶叶专卖制度，苏轼在《叶嘉传》里也曾讲到，这种茶法为有宋一代贡献了巨大的利润。

◎ 怡然以垂云新茶见饷，报以大龙团，仍戏作小诗

妙供[1]来香积[2]，珍烹具大官[3]。
拣芽分雀舌[4]，赐茗出龙团。
晓日[5]云庵[6]暖，春风浴殿寒。
聊将试道眼[7]，莫作两般看。

---

1 妙供：佛教用语，佛前贡品。

2 香积：香积厨的简称，寺院的厨房。

3 大官：大通"太"，太官，宫廷负责饮食的官职。

4 雀舌：茶叶专用术语。状小巧似雀舌而得名，通常是芽头。

5 晓日：朝阳。

6 云庵：亦作"云菴"，建造在高山顶上的房舍，这里指寺院。

7 道眼：佛教术语。指能洞察一切、辨别真妄的眼力。

诗歌大意

此佛前供品茶来自寺院厨房，然而煮得精细美味，就像来自宫廷。

你制茶选料用的是雀舌级别的嫩芽，我回赠的也是御赐的大龙团。

朝阳照在寺院很是温暖，只是早春尚冷，春风吹过的大殿有些寒凉。

姑且用洞察真伪的道眼来分辨分辨，不要将这暖与寒看作相反的两端。

雀舌茶

清顺，字怡然，杭州西湖北山垂云庵僧人，生卒年及姓氏籍贯均不详。

苏轼知杭州时期，清顺送他垂云寺的新茶，苏轼谢之，后作《怡然以垂云新茶见饷，报以大龙团，仍戏作小诗》，属于交游诗。

《咸淳临安志》记载："钱唐宝云庵产者，名宝云茶。下天竺香林洞产者，名香林茶。上天竺白云峰产者，名白云茶，东坡诗'白云峰下雨枪新'。又，宝岩院垂云亭亦产茶，东坡诗有《怡然以垂云新茶见饷，报以大龙团，仍戏作小诗》。"

雀舌，是上品茶中的一个类别。沈括在《梦溪笔谈·杂志一》里说："茶芽，古人谓之雀舌、麦颗，言其至嫩也。"

沈括在《尝茶》诗里也写道："谁把嫩香名雀舌，定知北客未曾尝。"梅尧臣在《答宣城张主簿遗鸦山茶次其韵》诗里有句云："纤嫩如雀舌，煎烹比露芽。"发明大龙团的丁谓在《北苑焙新茶》里有"带烟蒸雀舌，和露叠龙鳞"之句。

此外，宋代还有相当多的人写到雀舌，可见在宋代，雀舌已经深入茶人的味蕾。

雀舌作为上品茶的观念，在唐代就已经形成。阳城在《谒赠何国子监司籍坚》里有句云"童稚候门烹雀舌，黎老植杖盼菊松",刘禹锡在《病中一二禅客见问,因以谢之》里也写到了雀舌:"添炉烹雀舌,洒水净龙须。"

◎ 叶嘉传

叶嘉[1]，闽人也。其先处上谷。曾祖茂先[2]，养高[3]不仕，好游名山，至武夷，悦之，遂家焉。尝曰："吾植功种德[4]，不为时采，然遗香[5]后世，吾子孙必盛于中土，当饮其惠矣。"茂先葬郝源[6]，子孙遂为郝源民。

---

1 叶嘉：叶之嘉者，指茶叶。既可对应陆羽《茶经》中的"茶者，南方之嘉木也"，又可带出闻名宋代的叶氏家族。苏轼在《叶嘉传》中多处一语双关，充满隐喻。

2 茂先：西晋文学家张华，字茂先，上谷人（今河北固安人），著有《博物志》，里面说"饮真茶，令人少眠"，后人也把茶称为"不夜侯"。

3 养高：谓闲居不仕，退隐。高，指高尚的志向、节操、名望。

4 植功种德：立德的意思。《晋书·王羲之传》："虽植德无殊邈，犹欲教养子孙以敦厚退让。"

5 遗香：留下香气。

6 郝源：壑源的谐音。壑源临近北苑，其产出的壑源茶在宋代享有盛名。宋人宋子安《东溪试茶录》："故四方以建茶为目，皆曰北苑。建人以近山所得，故谓之壑源。"

文章大意

    叶嘉，福建人。他的祖先住在上谷。曾祖父叫茂先，隐居不仕，喜欢游览名山，到武夷山后，很喜欢此处，便在此安家。叶茂先曾说："我在这里植树立德，不是为了现在采集，但定会给后世留香，我的子孙一定会在中土大盛，人们会在饮茶上受惠于此的。"叶茂先死后葬于郝源，而其后代也成了郝源人。

至嘉，少植节操。或劝之业武。曰："吾当为天下英武之精⁷，一枪一旗⁸，岂吾事哉?"因而游见陆先生⁹，先生奇之，为著其行录传于时。方汉帝嗜阅经史时，建安人为谒者¹⁰侍上，上读其行录而善之，曰："吾独不得与此人同时哉!"曰："臣邑人叶嘉，风味恬淡¹¹，清白¹²可爱，颇负其名，有济世之才，虽羽知犹未详也。¹³"上惊，敕¹⁴建安太守召嘉，给传¹⁵遣诣¹⁶京师。

---

7 英武之精：英俊勇武之精英。宋黄儒《品茶要录》里说"茶之精绝者，曰斗，曰亚斗。其次拣芽茶"，《大观茶论》里说雀舌谷粒者是斗品，强于一枪一旗这种拣芽。

8 一枪一旗：茶叶专有名词，指一芽一叶。

9 陆先生：茶圣陆羽。

10 谒（yè）者：古官职名，掌宾赞受事，即为天子传达。

11 恬淡：恬静淡泊。《老子》："恬淡为上，胜而不美。"《庄子·天道》："夫虚静恬淡，寂寞无为者，天地之平而道德之至。"

12 清白：指品行端正无污点，廉洁正直。《楚辞·离骚》："伏清白以死直兮，固前圣之所厚。"宋代饮茶之人，如范仲淹、苏轼、赵佶等，多喜用"清白"一词来表明心志。

13 陆羽《茶经》写到福建茶的时候，说"未详"。

14 敕（chì）：皇帝的诏令。

15 给传：指朝廷给其提供驿站与马车。

16 遣诣：派使前往。

文章大意

　　到了叶嘉，年少时就注重培养气节操守。有人劝叶嘉习武，他回答说："我当为天下英武之杰出人物，一枪一旗哪会是我的事业？"叶嘉游学路上，巧遇陆羽先生，先生觉得他很特别，记录下他的言行并在当时传播。当时正赶上汉帝喜欢读经史，一个建安人作为谒者侍奉皇帝，汉帝读到叶嘉的行录很是高兴，他说道："我独不得与此人同处于一个时代啊！"建安谒者说道："这是臣的同乡叶嘉，他风采淡泊，品行端正无污点，令人喜爱，相当有名气，有司理天下的才干，陆羽对他的评述其实还不够详细啊。"皇上很是惊讶，令建安太守召见叶嘉，提供驿站的车马让叶嘉前往京师。

郡守始令采访嘉所在，命赍¹⁷书示之。嘉未就，遣使臣督促¹⁸。郡守曰："叶先生方闭门制作，研味经史¹⁹，志图²⁰挺立²¹，必不屑²²进，未可促之。"亲至山中，为之劝驾²³，始行登车。遇相者²⁴，揖之曰："先生容质异常，矫然²⁵有龙凤之姿²⁶，后当大贵。"

---

17 赍（jī）书：送信、携带信函。

18 督促：监督催促。这里暗指贡茶制度，宋代丁谓、蔡襄都因督促贡茶受到皇帝的表彰，苏轼对此非常不满。

19 此处暗指宋代制茶中的研膏茶工艺，其制作需经八道主要程序。

20 志图：志向抱负。

21 挺立：直立，多指持身正直。"挺"谐音"铤"，指京铤贡茶。

22 屑：此处暗指草茶。

23 劝驾：劝人任职或做某事。

24 相者：助主人传命或导客的人，也指以相术为业的人。

25 矫然：坚劲貌。汉桓宽《盐铁论》："文学高行，矫然若不可卷。"

26 龙凤之姿：形容贵人或帝王的相貌，这里指贡茶龙团凤饼。

文章大意

　　太守开始派人查访叶嘉住所，命人将皇帝的书信展示给他看。叶嘉还是没有去京师，皇帝又派使臣去监督催促。太守说："叶先生正在闭门创作，研读经史，立志高远，不屑于进京为官，万不可催得太紧。"太守亲自到山中，劝说他进京，叶嘉这才登车出发。路上遇到一位看相的人，他对叶嘉拱手行礼说："先生容貌和气质超乎寻常，坚劲而有龙凤之姿，今后一定会显达尊贵。"

嘉以皂囊²⁷上封事。天子见之，曰："吾久饫²⁸卿名，但未知其实耳，我其试哉！"因顾谓侍臣曰："视嘉容貌如铁²⁹，资质刚劲³⁰，难以遽³¹用，必槌³²提顿挫之乃可。"遂以言恐嘉曰："砧斧³³在前，鼎镬³⁴在后，将以烹子，子视之如何？"

---

27 皂囊：黑绸口袋。汉制，群臣上章奏，如事涉秘密，则以皂囊封之。此处暗指包裹严实的贡茶。宋熊蕃《宣和北苑贡茶录》："拣芽以四十饼为角，小龙凤以二十饼为角，大龙凤以八饼为角，圈以箬叶，束以红缕，包以红楮，缄以旧绫，惟拣芽俱以黄焉。"

28 饫（yù）：本义为饱食，这里引申为听闻已久。

29 如铁：像铁的颜色，这里也暗指茶的颜色。蔡襄《茶录》说茶饼有青黄紫黑各种颜色；赵佶《大观茶论》中说，当天压饼，呈青紫色，隔夜压饼，呈黑色。

30 刚劲：刚硬挺拔，多用于形容风格与姿态。这里暗指茶饼坚硬。

31 遽（jù）：本义是送信的快车或快马，这里指匆忙。

32 槌（chuí）：敲打用的棒，大多一头较大或呈球形。

33 砧斧：砧即砧板，砧、斧都暗喻捶碎茶叶的工具。

34 鼎镬（huò）：鼎与镬是古代的炊具，这里指烧水的锅。鼎镬在古代还被用作刑具，以鼎镬煮人是一种酷刑，故说很吓人。

文章大意

　　叶嘉用黑绸口袋封好奏章呈进。皇帝见到叶嘉时说:"你的大名我耳朵都听得起老茧了,但不知你的真实情况,今天要试你一试。"他回头对侍臣说:"看叶嘉外貌似铁,禀性刚劲坚韧,很难立即启用他,必须经历不断的磨练后才行。"于是就出言恐吓叶嘉:"砧板斧子在你面前,锅鼎在你身后,要将你煮着吃,你意下如何?"

嘉勃然吐气，曰："臣山薮[35]猥士[36]，幸惟陛下采择至此，可以利生，虽粉身碎骨，臣不辞也。"上笑，命以名曹[37]处之，又加枢要[38]之务焉。因诫小黄门[39]监之。有顷，报曰："嘉之所为，犹若粗疏然。"上曰："吾知其才，第以独学，未经师[40]耳。"嘉为之屑屑[41]就师，顷刻就事，已精熟[42]矣。

---

35 山薮：山林与湖泽，泛指山野草莽。

36 猥士：鄙贱之士。

37 曹：古代分科办事的官署。这里通"槽"，指某些槽型的工具。又暗指茶碾，回应前文说要将叶嘉粉身碎骨。在沈安老人的《茶具图赞》里，金法曹指的便是茶碾。

38 枢要：一般指中央政权机关，如尚书省、中书省等。此处暗指茶罗。

39 小黄门：一般指宦官。《后汉书·百官志三》："小黄门，六百石。宦者，无员。掌侍左右，受尚书事。上在内宫，关通中外，及中宫已下众事。"

40 师：学习，效法。这里指代筛茶的程序。茶碾碾过的茶，还要在茶筛里筛一筛，不然就是粗糙的。筛过后，由粗茶变细茶。

41 屑屑：勤劳不倦的样子。这里指反复筛。

42 精熟：精通、熟悉。这里暗指做成了精细的茶粉。

文章大意

　　叶嘉突然呼出口气，回答道："臣乃是一介山野村夫，有幸被陛下采摘于此，只要能够造福众生，即便是粉身碎骨，臣也不退缩。"皇上听了面露喜色，下令委以官职，让他掌管机要事务，并告诫小黄门监督他。过了一段时间，小黄门报告皇上说："叶嘉做事，还是不够精细啊。"皇上说："我深知他的才干，只因他以前自学而没有拜师学习罢了。"叶嘉为此勤劳不倦地到处拜师学习，不久之后再处理公务时，就已经能精细熟练地做事了。

上乃敕御史欧阳高[43]、金紫光禄大夫郑当时[44]、甘泉侯陈平[45]三人与之同事。欧阳疾[46]嘉初进有宠，曰："吾属且为之下矣。"计欲倾[47]之。会天子御延英[48]，促召四人，欧但[49]热中[50]而已，当时以足击嘉，而平亦以口侵陵之。嘉虽见侮，为之起立，颜色不变。欧阳悔曰："陛下以叶嘉见托[51]，吾辈亦不可忽之也。"因同见帝，阳称嘉美而

----

43 欧阳高：汉代经学家。欧谐音瓯，这里指茶瓯。茶瓯要时时清洗，功用对应御史监察的职责。

44 郑当时：西汉名臣，任侠善交，廉洁奉公。时谐音匙，这里指茶匙。茶匙用材很多，金银铜竹都有，颜色对应金紫光禄。

45 陈平：西汉开国功臣。平谐音瓶，这里指汤瓶。茶水多用山泉，选材对应甘泉侯。

46 疾：本义疾病，由生病引申为痛苦，又引申为憎恶、痛恨。

47 倾：倾轧，在同一组织中互相排挤。这里指要点茶了。

48 延英：即延英殿，唐长安大明宫宫殿，建于开元中，是皇帝日常接见宰臣百官、听政议事之处。

49 但：通"胆"，这里指壶胆。

50 热中：内心愤懑而热，代指点茶前的温盏。

51 托：托付，这里暗指托盏。点好的茶，要舀到小茶瓯中，再置于托盏中送给品饮者。此处对应着皇帝对三人的托付。

阴以轻浮訾[52]之。嘉亦诉于上。上为责欧阳，怜嘉，视其颜色，久之，曰："叶嘉真清白之士也。其气飘然若浮云矣。"遂引而宴之。

---

52 訾（zǐ）：诋毁。

文章大意

　　皇上于是下令御史欧阳高、金紫光禄大夫郑当时、甘泉侯陈平三人，与叶嘉共事。欧阳高嫉妒叶嘉刚出仕就得宠，他说："我们这些人将来都要变成他的下属了。"就谋划着怎么排挤叶嘉。恰巧皇帝驾临延英殿，急召四人。欧阳高只是内心嫉妒，郑当时却用脚踢叶嘉，陈平也跟着唾骂叶嘉。叶嘉虽然遭受羞辱，只得站起身，却面不改色心不跳。欧阳高见状，后悔地说："陛下把叶嘉托付给我们照顾，我们不能这样对待他呀！"于是他们一同到延英殿去见皇上，欧阳高明面上称赞叶嘉，而暗地里却说叶嘉这个人举止轻浮。叶嘉也求助于皇帝。皇上为此责备欧阳高，怜爱叶嘉，看叶嘉的面色看了很久，而后说："叶嘉的确是位清白之士，看看这气质，飘然似白云啊。"于是邀请叶嘉一起参加宴会。

少选间⁵³，上鼓舌欣然，曰："始吾见嘉未甚好也，久味其言，令人爱之，朕之精魄，不觉洒然而醒⁵⁴。《书》曰：'启乃心，沃朕心。'嘉之谓也。"于是封嘉钜合侯⁵⁵，位尚书，曰："尚书，朕喉舌之任也。⁵⁶"由是宠爱日加。朝廷宾客遇会宴享⁵⁷，未始⁵⁸不推于嘉，上日引对⁵⁹，至于再三⁶⁰。

---

53 少选间：过了一会儿。

54 洒然：神清气爽。

55 钜合：汉代封国名，在今山东东南部。钜是大的意思，合谐音盒，就是大盒子，大盒子里的茶，比较珍贵。

56 典出《后汉书·李固传》："今陛下之有尚书，犹天之有北斗也。斗为天喉舌，尚书亦陛下喉舌。"此处暗喻茶滋润喉舌。

57 宴享：宴飨，古代天子大集群臣宾客宴会。

58 未始：未尝。常常用在否定词前面，构成肯定。

59 引对：皇帝召见臣僚询问对答。

60 至于再三：指一而再、再而三。

文章大意

过了一会儿，皇上非常愉快地咂了咂舌头，说："我刚看到叶嘉时并无多少好感，但细细品味他的话，实在让人喜爱，我不禁神清气爽，清醒过来。《尚书》说：'启迪心扉，滋润心田。'这话说的就是叶嘉啊。"于是皇上封叶嘉为钜合侯，位居尚书，皇帝说："尚书一职，犹如我的喉舌一样重要。"从此皇上对叶嘉宠爱有加。朝廷招待宾客群臣的宴饮，肯定要把叶嘉推上来。皇帝每日召见他询问对答，甚至一日多次。

后因侍宴苑中，上饮逾度，嘉辄苦谏。上不悦，曰："卿司朕喉舌，而以苦辞[61]逆我，余岂堪哉！"遂唾之，命左右仆[62]于地。嘉正色曰："陛下必欲甘辞利口然后爱耶！臣虽言苦，久则有效。陛下亦尝试之，岂不知乎！"上顾左右曰："始吾言嘉刚劲难用，今果见矣。"因含容[63]之，然亦以是疏嘉。

嘉既不得志，退去闽中，既而曰："吾末如之何也已矣。"上以不见嘉月馀，劳于万机，神蘭[64]思困，颇思嘉。因命召至，喜甚，以手抚嘉曰："吾渴见卿久矣。"遂恩遇如故。

---

61 苦辞：忠言，良药苦口，忠言逆耳。

62 仆：通"扑"，扑倒。

63 含容：宽容。

64 蘭（ěr）：疲困。

188

文章大意

后来在花园侍宴时，皇帝饮茶过度，叶嘉就苦苦劝谏。皇帝就不高兴了："你是专管我喉舌的，却用难听的话来忤逆我，让我情何以堪呢！"于是皇帝就唾弃叶嘉，命左右侍从把叶嘉按在地上。叶嘉非常严肃地说："陛下一定要听甜言蜜语吗？我的忠言虽难听，但久之受益无穷。陛下也尝试过了，难道不知道吗？"皇帝对左右侍从说："起初我说叶嘉秉性刚直难用，现在看来果真是这样呀。"于是皇帝一方面宽容了叶嘉，另一方面也因此疏远了叶嘉。

叶嘉既然不得志，就返回到闽中，叶嘉对人说："我也不知该怎么办，就这样吧。"一个多月没见到叶嘉，皇帝因操劳国事过度，神情恍惚、思维困顿，就想念起叶嘉来。于是下令把叶嘉召来，见到他皇帝非常高兴，用手抚摸着叶嘉说："我渴望见到爱卿已经很久了。"皇帝之后仍像以前一样恩宠叶嘉。

上方欲南诛两越[65]，东击朝鲜，北逐匈奴，西伐大宛，以兵革为事。而大司农[66]奏计国用不足，上深患之，以问嘉。嘉为进三策，其一曰：榷天下之利，山海之资，一切籍于县官。行之一年，财用丰赡，上大悦。兵兴有功而还。上利其财，故榷法不罢，管山海之利，自嘉始也。

---

65 两越：汉初两个南方小国南越和东越的合称。

66 大司农：是朝廷管理国家财政的官职，为九卿之一。

文章大意

　　皇帝正想向南讨伐南越、东越，向东攻打朝鲜，向北驱逐匈奴，向西讨伐大宛，以战争成就功业。而大司农却上奏说经费不足，皇上也为此焦虑，于是就问叶嘉该如何应对。叶嘉为皇上献计献策，并提出三个策略。其一，将天下所有山川和海上资源交由县一级官府来实行地方专卖。这个政策推行一年之后，国家财政得到非常丰厚的回报。皇上很是开心。调动的军队也打了胜仗回来。皇上从中得到了很实际的收益，所以"专卖法"延续了下来，官府专营山海物产，也是从叶嘉开始的。

居一年，嘉告老。上曰："钜合侯，其忠可谓尽矣。"遂得爵其子。又令郡守择其宗支之良者，每岁贡焉。嘉子二人，长曰抟[67]，有父风，故以袭爵。次子挺[68]，抱黄白之术[69]，比于抟，其志尤淡泊也。尝散其资，拯乡间之困，人皆德之。故乡人以春伐鼓大会山中[70]，求之以为常。

---

67 抟（tuán）：谐音团，这里暗指团茶。

68 挺：笔直、平直，这里暗指京铤茶。

69 黄白之术：古代指方士烧炼丹药点化金银的法术。

70 这里指春茶期间的喊山。《文昌杂录》："建州上春采茶时，茶园人无数，击鼓闻数十里。"

文章大意

过了一年，叶嘉请求告老还乡。皇帝评价道："钜合侯，他的忠诚可谓竭尽了。"就封赐爵位给叶嘉之子。又下令郡守选择叶嘉家族中品质优良的弟子，年年推荐给朝廷。叶嘉共有二子，长子名抟，有其父的风范，承袭了爵位。次子名挺，掌握了炼丹之术。比起抟来，他的志向更为淡泊。常捐出钱财，赈济乡间贫苦之人，人们都感恩他。所以乡民在春天击鼓聚会于大山中，祈求他常常如此。

赞[71]曰：今叶氏散居天下，皆不喜城邑，唯乐山居。氏于闽中者，盖嘉之苗裔[72]也。天下叶氏虽夥，然风味德馨为世所贵，皆不及闽。闽之居者又多，而郝源之族为甲。嘉以布衣遇天子，爵彻侯[73]，位八座，可谓荣矣。然其正色苦谏，竭力许国，不为身计，盖有以取之。夫先王用于国有节，取于民有制，至于山林川泽之利，一切与民，嘉为策以榷之，虽救一时之急，非先王之举也。君子讥之，或云管山海之利，始于盐铁丞孔仅[74]、桑弘羊[75]之谋也，嘉之策未行于时，至唐赵赞，始举而用之。

---

71 赞：古代称颂人物的一种文体。

72 苗裔：后代，世代较远的子孙。

73 彻侯：是古代的一种爵位名，秦汉时期二十等爵的最高级，商鞅变法时设立，岁俸一千石粮食。汉武帝时，以避帝讳（武帝名彻），改名通侯，亦称列侯。

74 孔仅：西汉名臣，大农令，领盐铁事，主管盐铁专卖。孔仅因为精通盐铁生产技术，又对朝廷有所捐赠，因而被汉武帝委以重任。

75 桑弘羊：西汉名臣，先后推行算缗、告缗、盐铁官营、均输、平准、币制改革、酒榷等经济政策，大幅增加了政府的财政收入，为武帝继续推行文治武功事业奠定了雄厚的物质基础。

文章大意

赞曰：现在叶氏分散在天下各地，他们都不喜欢住在城里，只喜欢住在山中。住在福建中部的，一般是叶嘉的后代。天下姓叶的虽然很多，可是若论德行馨香被世人看重，都比不上福建这一支。在福建的那么多叶姓中，又以郝源这支为第一。叶嘉以平民百姓的出身受到皇帝礼遇，被封彻侯的爵位，位居高官之列，可说是相当荣耀了。叶嘉态度严肃地苦苦劝谏皇帝，竭尽全力报效国家，不为自己打算，是非常值得学习的。古代的帝王治理国家有节制，取之于民不过度，至于山林湖泽的利益，也都让给人民。叶嘉献上的茶叶专卖之策，虽说解救了当时的危急，却不是古代先王会采纳的举措。君子之人因此嘲笑讥讽叶嘉。有人说对山海之利进行专卖专营的政策，始于西汉掌管盐铁事务的孔仅、桑弘羊的谋略，叶嘉的专卖政策在当时并没有推广开来，直到唐代才被赵赞采用，开始推行。

茶里的身意与心意

《叶嘉传》用《史记》的体例、拟人化的手法，为茶的一生立传。表面上说的是叶嘉因为品质受到帝王器重，被委以重任，实际上讲的是宋代茶叶的历史，从茶的产地、制作到品饮的过程。小小的一片茶叶，从边远的深山来到皇宫大院，不仅带来了茶叶生产加工工艺，还带来了品饮艺术，茶消费也让国家变得富强。

托物言志，是中国传统的艺术手段。嘉者，美也。陆羽称茶是南方嘉木，自然界中最精妙之物，苏轼把茶拟人化，以茶的口吻来叙述茶的德行与历史，通过茶去发现人性与神性。

茶既是物质的，又是精神的。中国传统里的天人合一思想，因为茶的出现与品饮，最终找到合理的归宿；同时，儒释道三家共通之处也恰到好处地通过茶呈现出来。发现相同，而不是相异之处，也是中国治学的一个传统。

本书之所以要选取茶这样一个物质层面的角度，进而讨论精神层面，是为了让茶道中常用的一些字句，比如"清"，落到实处，而不至于看起来像空话。

《叶嘉传》开篇追溯叶嘉祖上茂先，"养高不仕，好游名山"。在中国的传统里，不仕而隐是一个至高无上的境界（仅次于成仙），即便是在儒家思想主导的入世系统里，依旧把不世出的隐者作为人格上的落脚点。

尧要把帝位传给许由，许由是个不问政治的大隐，他不仅拒绝了尧的请求，还连夜逃走。后来尧以为自己诚意不够，再次派人来请他出山，哪知这次许由觉得尧那番劝说完全是玷污了自己的耳朵，他便跑到颍水边洗耳朵，高姿态地再次拒绝了这样的邀请。这个时候，巢父正牵牛在河边喂水，许由把这个事情告诉了巢父。巢父说，你这么一说，连这条河都被你污染了。许由一听之下更加羞愧，发觉自己的境界远不如巢父。

想当年，伯夷、叔齐不也觉得自己不如一个村姑吗？

周武王灭商后，伯夷、叔齐为了表示不事二主的气节，不再吃西周的粮食，隐居在首阳山，以山上的野菜为食。周武王派人请他们下山，并答应以天下相让，他们仍拒绝出山仕周。后来，一位山中村妇对他们说："你们有骨气，不食周朝的米，可是你们采食的这些野菜也是周朝的呀！"他们羞愧难当，最后饿死。《孟子》一书将伯夷、叔齐称为"圣之清者"，此后，"清"成为重要的传统。

汉语中有一种姿态，我称之为"伟大的谦卑"。儒、道采用的方式是调动所有的身体器官来完成这一仪式。"洗耳恭听"是身心共用的一种致敬。后来儒、道的发展几乎都是围绕"身心"展开，所谓"身在庙堂，心在江湖"，或者"身在江湖，心在庙堂"，再或者"人在江湖（庙堂），身不由己"等说法，都是力求达到二者的平衡。在宋代，还保持着这样的谦卑传统，苏轼对南屏谦师泡茶技艺的认同、对叶嘉低调品格的赞许，除了自谦，还抱着学习的态度。可到了明代，这样的精神就消失了。明人张岱那些著名的茶系列作品，通过表扬别人最终回到表扬自己的立场上，对茶的书写又回到另一个自我表扬的传统。真正将身心留于江湖的隐者会留下名字吗？

这是一个值得深思的问题。从中国历史上那些鼎鼎大名的隐者来看，至少可以得出一个结论，这不过是理想与现实相互博弈的结果，并非真隐，是形势所迫，不得不隐。隐而不出，倘若身在江湖、心不在江湖，便产生了"终南捷径"这样一种故意以隐来获得名声，最后身居庙堂之高的途径。这是一种沽名钓誉的心态，与卖直是一个道理。这样漏洞百出的隐仕互搏，在历史发展中被史官的火眼金睛挑剔一番后，寿终了。

那么，仕而隐之就成为绝对的核心传统，有仕之心，有隐之身，方能为身心俱退做好铺垫。这样一来就不难发现，游走于儒释道之间的苏轼，为何在《叶嘉传》一开始便上承古义，下接唐以来的"终南捷径"，再回到古义，最后产生了一个有趣的循环互动：隐——仕——隐——仕……这是解读中国士文化的重要符码，也是解读茶文化的重要符码，因为人的精神与茶的精神，就在其中。

苏轼笔下的叶嘉"少植节操"，"容貌如铁，资质刚劲"，"研味经史，志图挺立"，"风味恬淡，清白可爱"，"有济世之才"，"竭力许国，不为身计"，可谓德才兼备。有人劝其习武，他说"一枪一旗,岂吾事哉","一枪一旗"看起来孔武有力,其实不过是用来形容茶叶"一芽一叶"罢了。宋代出现这样的茶叶修辞,也说明其斗茶氛围极为浓烈。

宋代重文轻武,即便是平级官员,武官依旧在文官面前矮半截。举三个著名的例子可以说明。

名将狄青行伍出身,最后尽管官至枢密副使,还是经常遭到别人的冷言冷语,他常对人发牢骚说:"韩琦与我一样的功业官职,我还得时时在他面前低头,就是少了一个进士及第的出身。"

陈尧叟是宋代少有的文武兼备之人,又是出名的美男子,有次契丹使臣来访,宋真宗考虑到事关国家形象,要求陈尧叟出面陪使臣射箭,并许诺封他节度使的头衔。陈尧叟回家请示母亲,被他妈骂得狗血淋头,他母亲对武官鄙视得一塌糊涂,要他以文为重。最后连皇帝也无可奈何。

大儒张载青年时期喜好兵法,立志从军,希望能够抗敌报国,建功立业。21岁时,他写成《边议九条》,向时任陕西经略安抚副使的范仲淹上书。范仲淹看完,觉得文章不错,又见了本人,"一见知其远器",于是范仲淹建议张载放弃从军的想法,改做学问:"儒者自有名教可乐,何事于兵!"

"吾植功种德,不为时采,然遗香后世,吾子孙必盛于中土,当饮其惠矣。"在茶的层面上,宋代茶叶中心已经从江浙转至江西、福建等地,但上好的茶几乎全被皇家垄断,普通百姓只能喝一些廉价茶。好茶惠泽世人，是一种诉求。

在经世层面上，叶嘉经过祖辈的家学累积，已经完成原始的政治积累，数代隐而不出，到叶嘉这代已经到不摘就要烂在树上的程度，就连茶圣陆羽对叶嘉都表示惊叹，何况他人乎？更何况陆羽还只懂茶，不懂他的经世之才。口碑传播的效果是惊人的，很快叶嘉之才便惊动了天子。果然，面对天子委托郡守的第一封邀请书，叶嘉采取天子呼来不上朝的策略，他还在做着隐士的姿态。

接着有第二次邀请，郡守也是熟读史书之人，自然明白其中的道理，"叶先生方闭门制作，研味经史，志图挺立，必不屑进，未可促之"。所谓事不过三，人家尧也不过请了许由两次，这次郡守亲自登门造访，自是微言大义一番，两个通晓"终南捷径"之术的人一拍即合，叶嘉不隐而出，很快上路。

先是相人的恭维，"先生容质异常，矫然有龙凤之姿，后当大贵"。龙凤之姿，名闻天下的龙凤团茶也。处处说茶，又句句紧扣政治。汉帝"视嘉容貌如铁，资质刚劲，难以遽用，必槌提顿挫之乃可"，要入口，非猛捶强敲不可。捶、碾、罗，这是宋茶品饮的程序。后文"砧斧在前，鼎镬在后"亦是程序，砍了就煮，茶事中也弥漫着眉间尺三头共镬的愤怒与恐吓。

茶，如果人不去喝，依旧是隐在山里的一"茶"而已，甚至是姜、盐、葱之类的附庸，与其他草木相比，又有何稀奇之处？叶嘉回答的正是这个意思："臣山薮猥士，幸惟陛下采择至此，可以利生，虽粉身碎骨，臣不辞也。"既然是好人（好茶），那就留用，考察考察。

人是留下来了，但叶嘉毕竟来自深山，验茶官汇报说，"嘉之所为，犹若粗疏然"。茶还是很粗糙，碾过之后，还得再筛一下。"'吾知其才，第以独学，未经师耳。'嘉为之屑屑就师，顷刻就事，已精熟矣。"师，筛也。料是好料，宛如璞玉，得好好加工打磨，稍稍筛筛拣拣，好茶就出来了。

这里涉及一个问题，就是黄仁宇说的，政治官僚与技术官僚的模糊状态。"难道一个人熟读经史，文笔华美，就具备了在御前为皇帝做顾问的条件？难道学术上造诣深厚，就能成为大政治家？"

这样的疑问，几乎可以作为一条通用法则，放到历史的任何一个角落去考察人事。张居正用人的原则是，少用张着嘴巴只会说的清流，而多用循吏。所谓"循吏"，就是一根筋把事情做好、靠结果说话的官员；而"清流"则是那种说得多、做得少的官员。近些年热门的电视剧《大明王朝1566》，很显然把海瑞作为清流的代表，嘉靖因此不敢用他。

叶嘉要成为一个合格的官僚，还需要磨炼。

汉帝为他安排了几位教引师父，欧阳高、郑当时、陈平。此三人都是历史上有名有姓的人物。

欧阳高是西汉学者，字子阳，传授《尚书》，被立为博士，成为太学的学官，对后世影响很大。

郑当时是历史上著名的清官，在汉代以廉洁闻名于世。著名的成语"门可罗雀"就与郑当时有关，司马迁写汲黯和郑当时的事迹，说他们位列九卿，品行高尚，为官清廉，有权势时宾客络绎不绝，失势时来访者就稀少。

陈平是刘邦的重要谋士，西汉开国功臣之一，被封为曲逆侯，后官至丞相。少时喜读书，有大志，因为分肉分得公平，乡人看出了其能当宰相的气场。

苏轼用此三人做叶嘉的陪衬、茶托，是一个精心设计的语言迷宫。

欧是瓯的谐音，时是匙的谐音，平是瓶的谐音。甘泉侯，甘泉是上好的泉水，侯者，今天的话来说就是土霸王，当地泉水之最。这就很好理解了，有了叶嘉之茶，配以茶瓯、茶匙、茶瓶和最好的山泉水，这茶才喝得起来。御史，是清查污垢之职，茶瓯用之前需要清洗；"金紫光禄大夫"，形容茶匙不同材质的不同颜色。茶匙在击拂环节有重要作用，蔡襄《茶录》里说："茶匙要重，击拂有力。黄金为上，人间以银铁为之，竹者轻，建茶不取。"高也有高脚盏之意。陈，沉也，重的意思。如果再结合欧阳高、郑当时、陈平三人在历史中的作用与贡献，理解起来就更妙——有很好的意识形态，有吏治清明的官僚体系，再加上出将入相的人才，国家如何不兴旺发达？

四人共事，茶、瓯、匙、水本是一个系统，倘若缺了一样，这茶便喝不成了。当然，评判员是皇帝，要他说了才算，以前三缺一，现在好茶送来了，但好茶出不出得来好汤，得泡了再说。于是，"欧但热中而已，当时以足击嘉，而平亦以口侵陵之"，点茶开始了，主泡手把茶盏热一热，左手用茶匙猛搅击拂，右手同时注入沸水（注汤），完了一看汤花，其面色鲜明、白乳涌现，是一盏绝好之茶。

茶盏送到皇帝面前，已经过了一段时间，皇帝看到茶盏里的乳花依旧没有散去，非常咬盏，无水痕，是谓"其气飘然若浮云矣"。

宋代斗茶，颜色以纯白为上，青白为次，灰白再次之，黄白居末。"叶嘉真清白之士也"，叶嘉经受住了考验，也就是说，这茶是上品。

点茶结束，茶宴开始，皇帝杯茶润喉舌，茶虽苦涩，但功效甚好，回味无穷之余，还能使人神清气爽，有助于提升精神。叶嘉是上品人，自然位居喉舌之职。

尚书为皇帝喉舌之说，源自后汉末期著名清流领袖李固的一番言辞："今陛下之有尚书，犹天之有北斗也。斗为天喉舌，尚书亦陛下喉舌。斗斟酌元气，运乎四时。尚书出纳王命，赋政四海，权尊势重，责之所归。"大意是皇帝有尚书，就像天上有北斗。北斗是天的喉舌，尚书就是皇帝的喉舌。北斗斟酌元气，运行调节四时。尚书传达皇帝的命令，反映下面的意见，颁布政令到全国各地，这些都是尚书的责任，可以说是位高权重。

东汉尚书地位高，完全是皇室外戚与皇宫宦官之间的权力斗争所造就的。东汉政务归尚书，尚书令成为对君主负责、总揽一切政令的首脑，是谓喉舌。

有好茶滋润的皇帝，一下子进入了高喝猛饮之中，沉浸在茶里。任何好东西都有一个度的问题，贪多成溺，反而不妙。物极必反的道理谁都懂，却不见得谁都能克制住。按照今日的医学观点，过度饮茶确实会导致疾病丛生，传统中医走经验科学之道，想必已经有不少人饮茶成疾才总结出这个道理。他们一定忘记了茶圣陆羽在《茶经》里的告诫，"茶性俭"。

叶嘉苦谏无果，之后被皇帝放逐。皇帝久不饮茶，又思之。要不怎么会说茶能成瘾呢？既然皇帝又开始喝茶了，叶嘉自然又继续发挥他的作用。这一次，叶嘉发挥出了自己的雄才伟略。皇帝将起兵南诛两越，东击朝鲜，北逐匈奴，西伐大宛，无奈国库空虚，怎么办呢？叶嘉给出的策略之一是茶税政策。

茶税产生于唐代中叶，安史之乱后，国库空虚，建中三年（782），唐德宗采纳侍郎赵赞的建议，对竹、木、茶、漆实行"十税其一"，这就是中国茶税的开始。后一度暂停，十年后再次恢复。从此，茶税作为一种专税，从未间断过。西方人威廉·乌克斯说陆羽《茶经》是一部伟大的商业计划书，就是看到了茶对于国家税收的重要价值。

宋代改唐朝的茶税制为榷茶制，也就是由朝廷对茶叶实行专卖。宋太祖乾德二年（964），朝廷在各主要茶叶集散地设立管理机构——榷货务，主管茶叶流通与贸易，并建官立茶场——榷山场，在主要茶区同时负责茶叶生产、收购和茶税征收。当时全国共有榷货务六处，榷山场十三个，即"六务十三场"。

盐铁收税比茶税要早，开始于汉武帝时的大农丞孔仅、大司农桑弘羊的提议。这些税收政策关系国计民生，是谓"管山海之利"，茶税和盐税也被称为"摘山煮海"。得益于茶税大利天下，叶嘉也功成身退，告老还乡。

叶嘉的大儿子，叫抟，抟即把东西捏聚成团，取团茶之意，他继承父亲衣钵，终于制成龙凤团茶。

叶嘉的小儿子叫挺，挺是铤的谐音，暗指京铤茶。京铤茶是南唐的作品，入宋后名气大不如前，但在宋皇室中仍被视为仅次于龙团的好茶，皇帝将这些京铤茶用于笼络舍人、近臣。

黄白之术，指的是道家的炼丹术。黄白就是黄金和白银，道家有烧炼丹药、点化金银的法术，可以借金石的精气，使人长生不老、得道成仙。就茶而言，从陆羽、卢仝始，茶近道家，他们都宣称，喝茶可以羽化成仙，茶是养生与长生之道。卢仝说七碗茶便可以入道，苏轼也通过饮茶来养生。

叶嘉完成了"隐——仕——隐"的循环，他的两个儿子表面上在这个循环中各执一端，但叶挺的作为又令人仿佛看到了儒家那副济世为怀的心肠，身在江湖，心在黎民。隐者叶挺以德服人，明代高濂阐释过仕与隐各自不同的社会价值："居庙堂者，当足于功名；处山林者，当足于道德。若赤松之游，五湖之泛，是以功名自足；彭泽琴书，孤山梅鹤，是以道德自足者也。"

《叶嘉传》结尾赞词说："今叶氏散居天下，皆不喜城邑，惟乐山居。"在宋代茶史上，可以找到许多叶氏的大茶叶家族。叶嘉一家因茶踏上终南捷径，是形势使然。宋代皇帝好茶，自上而下地带动了喝茶之风，这点，宋代的蔡襄、黄儒以及赵佶早已做过总结。

苏轼对叶嘉的评价落定在"正色苦谏，竭力许国，不为身计，盖有以取之"，大约是感怀身世，心有戚戚焉吧。他还是没有彻底打破隐与仕的循环，只能抛砖引玉，留给后世了。

◎ 浣溪沙（细雨斜风作晓寒）

元丰七年十二月二十四日，从泗州刘倩叔游南山。

细雨斜风作晓寒。淡烟疏柳媚晴滩。入淮清洛渐漫漫。

雪沫乳花浮午盏。蓼茸蒿笋试春盘[1]。人间有味是清欢。

---

1 春盘：春天各种蔬菜的拼盘。明高濂《遵生八笺》："晋于立春日，以萝菔、芹芽为菜盘相馈。唐立春日，春饼、生菜号春盘。故苏诗'青蒿黄韭试春盘'。"

词作大意

　　在一个斜风细雨的冬日早晨，天气微寒。继而转晴，淡淡的烟雾与随风飘荡的柳枝使河滩显得妩媚迷离。洛水进入淮水后，放缓了流速。

　　雪花般的沫饽漂浮在茶盏上。水蓼的嫩芽、蒿的嫩茎、刚冒头的笋，拼成一个春盘。人间的至味就是这种清浅却回味无穷的欢乐啊。

人间有味是清欢

时至今日，那个陪苏东坡游南山的刘倩叔到底是谁，已经不可考了。但他的名字随着苏东坡这首词流传了千年。我再读这首词的时候，刚在细雨斜风中考察完普洱茶界的明星村寨老班章。雨后一杯热茶，宽慰人心。

中午吃的哈尼族特色宴，一个大盘子里，有黄萝卜、黄瓜、水芹菜、折耳根、水白菜，都是生的，像极了春盘，黄白绿相间，看起来多姿多彩。那些生菜蘸着哈尼族特制的蘸水吃，别有一番滋味。

公元1084年的一个冬天，苏轼顶着细雨斜风出门，他缩了缩脖子，猛一转身，发现成排的柳树上，柳叶已经完全脱落，只剩枝条随风摇摆，淡淡的烟雾把柳树与河滩融到了一起。媚，是喜欢之义。太阳从河滩一路走过来，欢天喜地的是柳树，还是那个看柳树的人？都有。因为春天就要来了。

洛水流入淮水后，放慢了流淌的速度，是它不愿意撒蹄狂欢，还是它收敛了自由奔放，汇入大江，继而奔向大海？一股清流，淌入河道，可以澄清河流，还是同流合污？

词的上阕写了阴晴，写了河道的宽窄，写出了冬春之际那种不动声色的等待与欢喜。

中午吃的是野餐。他们弯着腰勾着头，沿着河边一路摘刚刚冒头的水蓼、嫩草芽、青蒿以及竹笋，河水还冰着呢，清洗干净后，赶紧跑到火边，今天所获刚好做了一份春盘。

午餐后，开始点茶了。雪花一般的沫饽漂浮在茶盏上，每个人都分了一小杯，茶水下肚，整个人都清爽起来。

苏轼就很感慨，他说，人间有味是清欢。

无味便同嚼蜡，有味却是清欢。

什么是清欢？

不是纸醉金迷，不是郁郁寡欢，而是一种清雅之乐。

孔子疏食饮水，颜子箪食瓢饮，苏子雪沫浮盏。

物尽处，味方显，宽绰有余。

还是孟子说得好："我无官守，我无言责也，则吾进退岂不绰绰然有馀裕哉？"赵岐注得更妙："今我居师宾之位，进退自由，岂不绰绰然舒缓有馀裕乎？绰裕皆宽也。"

在苏轼之前，也有人用"清欢"这个词。

晏殊在《蝶恋花·一霎秋风惊画扇》里有句"四座清欢，莫放金杯浅"，在《拂霓裳·乐秋天》里有"惜清欢。又何妨、沉醉玉尊前"，说的都是华丽的酒宴。欧阳修在《玉楼春·金花盏面红烟透》里写"拟将沉醉为清欢，无奈醒来还感旧"，说的是与女子的交往。晏几道《踏莎行·雪尽寒轻》里的"清欢犹记前时共"，说的是离别。

郑园在《东坡词研究》中提出了他的发现，在苏轼之后，"清欢"一词才有了清雅的含义。在《江神子·相逢不觉又初寒》里，苏轼用清欢还是在表示离别的感伤，"从此去，少清欢"，而到了《满江红·忧喜相寻》，清欢便有了别样的意思，"箪瓢未足清欢足"。该句典出孔子，孔子说颜回是个贤人，以简陋的餐具吃粗茶淡饭、饮清水也很开心。

在日常生活中，清欢意味着情趣与态度，是进退自如的余裕。前人落脚点在"欢"上，而苏轼则把重心放在了"清"上。郑园发现，苏轼在词中，前后一共使用了八十八次"清"字。

清很重要啊。

第四章

佳茗佳人

◎ 月兔茶

环¹非环，玦²非玦，中有迷离³玉兔儿⁴，一似佳人裙上月。月圆还缺缺还圆，此月一缺圆何年。君不见斗茶公子不忍斗小团⁵，上有双衔绶带⁶双飞鸾⁷。

---

1 环：中央有孔的圆形佩玉。

2 玦（jué）：半环形有缺口的佩玉，古代常用以赠人表示决绝。

3 迷离：《木兰诗》云："雄兔脚扑朔，雌兔眼迷离；双兔傍地走，安能辨我是雄雌？"

4 玉兔：又名月兔，在月宫里负责捣药，是中国古代神话传说中的动物。

5 小团：即小龙团茶。

6 绶带：印有图案纹样的长丝带。

7 鸾：传说中凤凰一类的鸟。

诗歌大意

　　像环又不是环，像玦又不是玦，中间还有一只眼神迷离的雌玉兔，也像佳人裙摆上的玉佩。天上的月圆了又缺，缺了又圆，手上的茶要是缺了一块，何时才能有片完整的？你不见那些斗茶的公子，都不忍心斗小团茶吗？上面还有两只凤凰衔着两条绶带在飞舞啊。

属兔的有茶喝

苏轼由小龙团茶的圆形，想到玉环，又想到了天上的月亮，都是美好而珍贵之物。月缺还能圆，玉环缺了一块变成了玉玦，不能再圆。环者还也，玦者诀也。手上的这小龙团也是啊，缺了一角后再要想拥有一个完整的，不知要何年了。小龙团珍贵，欧阳修多年劳苦功高，才得赐一块，时不时会请出来赏玩一番，要他撬了喝，那是不可能的。双衔绶带的双鸾凤，那是夫妻恩爱的象征啊，所以后世的人说，这是写给他的小妾朝云的。朝云生于嘉祐八年（1063），属兔。

嗯，喝茶时心思重。

唐宋以来，团茶与月亮，叠加成一个新词"月团"，构成了茶诗词中的一道新景观。郑思肖《卢仝煎茶图》："月团片片吐苍烟，破帽笼头手自煎。"周紫芝《浴罢书妙严壁》："云散香槽客未回，月团重瀹睡馀杯。"陈渊《和向和卿尝茶》："花瓷烹月团，此乐天不畀。"张耒《西山寒溪》："我茶非世间，天上苍月团。"王十朋《万孝全惠小龙团》："贡馀龙饼非常品，绝胜卢仝得月团。"

有人认为月兔茶是某地的茶名，不可考。

◎ 记梦回文二首

十二月二十五日大雪始晴，梦人以雪水烹小团茶，使美人歌以饮余，梦中为作回文诗[1]，觉而记其一句，云"乱点馀花唾碧衫"，意用飞燕[2]故事也，乃续之为二绝句云。

酡颜[3]玉碗捧纤纤，乱点馀花唾碧衫。
歌咽水云凝静院，梦惊松雪落空岩。

空花[4]落尽酒倾缸，日上山融雪涨江。
红焙浅瓯新火活，龙团小碾斗晴窗。

---

1 回文诗：就是能够回环往复，正读倒读皆成章句的诗篇，是汉语特有的一种修辞方法，文体上称之为"回文体"。
2 飞燕：即赵飞燕，"环肥燕瘦"中的燕瘦，后泛指体态轻盈瘦弱的美女。飞燕唾衫，是讲赵飞燕有一次与妹妹赵合德在一起玩耍，不小心把口水流到了赵合德的衣衫上，赵合德恭维赵飞燕的唾液比染坊染出来的颜色还要好看。
3 酡颜：脸红的样子。
4 空花：指雪花。

诗歌大意

十二月二十五日，大雪后开始放晴，梦见有人用积雪水烹小团茶，饮时有美人伴歌。我梦中作回文诗，醒来记得一句"乱点馀花唾碧衫"，这是用飞燕唾衫的故事啊，于是续上了这两首绝句。

那个面色红润的女子，纤纤玉手端着玉碗款款走来，碗里乳花晃动溅出，点染了她碧色的衣衫。

她的歌声让白云与流水都凝固在这个小院里，我忽然惊醒了，原来是一个梦啊，松树上的雪落在空空岩石上。

雪花落尽时，酒缸也倒空了。太阳爬上了山头，雪开始融化，江水涨了起来。

柴烧在浅色的注子上，龙团刚焙火到微红，茶碾徐徐展开，我们在晴窗下斗茶吧。

曾梦美人伴茶饮

苏轼这两首通体回文诗，可以倒读出下面两首。

其一

岩空落雪松惊梦，院静凝云水咽歌。

衫碧唾花馀点乱，纤纤捧碗玉颜酡。

其二

窗晴斗碾小团龙，活火新瓯浅焙红。

江涨雪融山上日，缸倾酒尽落花空。

飞燕唾衫，说的是汉代的美人赵飞燕与妹妹赵合德的典故。赵氏姐妹受汉成帝宠爱，飞燕封为皇后，合德号为婕好，虽是姐妹，但级别的差别很大，所以即便是在日常里，赵合德对赵飞燕也极为恭谨。

有一次，赵飞燕与赵合德坐着闲谈，飞燕不经意间把唾沫吐到合德的衣袖上，飞燕觉得很难为情，合德却谦卑地说："皇后的香唾染到我这蓝色的衣袖上，正像石头上开出一朵花呀！即便让尚衣房专门去染，恐怕都未必能比得上。"

唾染这种事，只有美人能为之。

◎ 西江月·茶词

送建溪双井茶、谷帘泉与胜之。徐君猷家后房，甚慧丽，自陈叙本贵种也。

龙焙今年绝品，谷帘自古珍泉。雪芽双井散神仙。苗裔来从北苑。

汤发云腴酽白，盏浮花乳轻圆。人间谁敢更争妍。斗取红窗粉面。

词作大意

　　送建溪茶、双井茶和谷帘泉给胜之。胜之是徐君猷的美妾，很是聪慧，她说自己本出身贵族。

　　今年的龙焙是绝品，谷帘泉更是从来就珍贵。雪芽是双井茶中最好的，其祖上也是来自北苑茶园。

　　点茶后汤色白得就像云腴，沫饽浮在茶盏上轻而圆润。这世间还有人敢跟你争艳？窗下施粉照镜，你尽可细看自己的美丽。

茶中贵族，诗中美人

同是用《西江月》这个词牌写茶，苏轼首句是"龙焙今年绝品"，黄庭坚是"龙焙头纲春早"，试问哪一年的龙焙不是绝品？又有哪一年早春的不是头纲？

龙焙就是龙团，出自北苑皇家茶焙。宋代蔡绦《铁围山丛谈》记载："建溪龙茶，始江南李氏，号北苑龙焙者，在一山之中间，其周遭则诸茶地也……龙焙，又号官焙，始但有龙、凤大团二品而已。"宋熊蕃《宣和北苑贡茶录》载："龙焙初兴，贡数殊少。累增至元符，以片计者一万八千，视初已加数倍，而犹未盛，今则为四万七千一百片有奇矣。"梅尧臣《依韵和杜相公谢蔡君谟寄茶》："天子岁尝龙焙茶，茶官催摘雨前芽。"宋白《宫词百首》之四九："龙焙中春进乳茶，金瓶汤沃越瓯花。"吴则礼《再用前韵》："且复瀹龙焙，谁言淮水浑。"

苏轼接着说，"谷帘自古珍泉"，黄庭坚也跟着说，"谷帘第一泉香"。陆羽评天下泉，谷帘泉排名第一。

这还不够，还有草茶中第一的双井茶。建溪茶要研膏，要紧压成小饼。而草茶不需要研膏，也不用压饼，装在茶袋里就行，所以苏轼把双井草茶叫作散仙。

"云腴"早些时候指仙药，后又指代美酒，唐宋之际被用来指茶，此后便成为茶中仙品的代名词。唐代皮日休《奉和鲁望四明山九题·青棂子》曰："味似云腴美，形如玉脑圆。"苏轼"汤发云腴酽白，盏浮花乳轻圆"两句，变相从皮日休那里借意。

"云腴"一词在宋代的使用频率很高。黄庭坚《双井茶送子瞻》："我家江南摘云腴，落硙霏霏雪不如。"刘挚《石生煎茶》："一杯酌官寿，云腴浮乳英。"陆游《晨雨》："青蒻云腴开斗茗，翠罂玉液取寒泉。"黄儒《品茶要录·叙》："借使陆羽复起，阅其金饼，味其云腴，当爽然自失矣。"明代贾仲名散曲《逍遥乐》："瓜分金子。鲙切银丝。茶煮云腴。"

茶、水、乳花都是为了衬托美人胜之，佳茗佳人。

◎ 次韵曹辅寄壑源试焙新芽

仙山灵雨湿行云[1]，洗遍香肌粉未匀。

明月来投玉川子[2]，清风[3]吹破武林[4]春。

要知玉雪[5]心肠好，不是膏油[6]首面[7]新。

戏作小诗君一笑，从来佳茗似佳人。

---

1 行云：流动的云，这里比喻女子的头发。唐卢照邻《长安古意》："片片行云著蝉鬓，纤纤初月上鸦黄。"

2 玉川子：唐代诗人卢仝的号。

3 清风：卢仝《七碗茶歌》有"清风生两腋"之句。

4 武林：即杭州的武林山，后来也成为杭州的别称。

5 玉雪：没上膏的壑源茶。宋葛胜仲《试建溪新茶次元述韵》："格高玉雪莹衷肠，品下膏油浮面颊。"宋周紫芝《东窗对雪六言四首·其三》："助我茶瓯玉雪，煎成石鼎松风。"

6 宋代有些饼茶制作，会加膏油。

7 首面：美丽的容貌。

诗歌大意

　　从茶山上刚采下的茶叶就像刚沐浴完的女子，头发湿了，洗遍全身肌肤还没来得及上脂粉。

　　明月伴随着卢仝的那股清风，吹破了杭州的春天。

　　要知道素颜女子的心性好，不是涂了膏看起来容貌新丽的那一类。

　　作首打油诗博君一笑，从来佳茗都像佳人。

茶里的美人

曹辅，北宋南剑州沙县（今属福建）人，字载德，元符年间进士。壑源，宋代贡茶名。先是地名，后为茶名。在建州之东北苑的南山，民间称之为"捍火山"，又称"望州山"，山体有壑源口、正壑岭、壑岭尾之分，逾岭即为叶源、沙溪。

"从来佳茗似佳人"一句，是千古绝唱，有茶水的地方，就有此句在流传。它与苏轼另一佳句"欲把西湖比西子"，刚好可成一联。

在《次韵曹辅寄壑源试焙新芽》中，苏轼把未打膏的壑源茶比作刚刚出浴的佳人，有清水出芙蓉之感。整首诗都在强调自然之美，不施粉黛的佳人比浓妆艳抹的女子更入人心。

苏轼开了一个茶与佳人的头，后世跟随者不少。

明代的名士冯开之说，泡茶就像侍奉美人，一定要亲力亲为。他与好友许次纾也善于用佳人来比喻茶味的变化：第一轮茶可以视为亭亭玉立的十三四少女，第二轮可以看作破瓜之际的十六少女，第三轮则是儿女成群的少妇了。许次纾《茶疏》："一壶之茶，只堪再巡。初巡鲜美，再则甘醇，三巡则意味尽矣。余尝与客戏论，初巡为婷婷袅袅十三馀，再巡为碧玉破瓜年，三巡以来，绿叶成阴矣。"

佳人与茶的关联自然不只是文人笔下的某种比喻，而是真实存在的。

比如冒辟疆在《影梅庵忆语》里记录了他与董小宛的饮茶故事，那一夜苏东坡仿佛也"在场"。

> 姬能饮，自入吾门，见余量不胜蕉叶，遂罢饮，每晚侍荆人数杯而已，而嗜茶与余同性。又同嗜芥片。每岁半塘顾子兼择最精者缄寄，具有片甲蝉翼之异。文火细烟，小鼎长泉，必手自吹涤。余每诵左思《娇女诗》"吹嘘对鼎䥶"之句，姬为解颐；至"沸乳看蟹目鱼鳞，传瓷选月魂云魄"，尤为精绝。每花前月下，静试对尝，碧沉香泛，真如木兰沾露，瑶草临波，备极卢陆之致。东坡云："分无玉碗捧蛾眉。"余一生清福，九年占尽，九年折尽矣。

也许，茶香书香才是读书人真正所求，那种神会，被李清照道尽。

《〈金石录〉后序》中，易安记下了夫妇二人猜书赌茶片段：

> 余性偶强记，每饭罢，坐归来堂烹茶，指堆积书史，言某事在某书某卷第几叶第几行，以中否角胜负，为饮茶先后。中即举杯大笑，至茶杯倾覆怀中，反不得饮而起。

我也会忍不住比较茶与佳人。

绿茶清新脱俗，芽未成叶，宛如少女，清澈可鉴，我见犹怜，会让人一见倾心，一见钟情，一见误终生，是吾国审美之标准，饮之如读明清小品。

红茶如海归的时尚佳人，浑身散发着一股工业文明熏陶出的英伦范儿，令吾国之人难以招架。君不见近年来中国茶山一片红，品红茶如读翻译体，汉字还是那些汉字，味却不是那个味。

青茶，唯有知性美人可配之。她太成熟、太风韵，太唯美也就太圆满，青茶的欣赏者一个个都成了茶学泰斗。一杯青茶相伴，好比一首唐律在手，句数、字数、押韵、平仄都被限定，即便心有佳句，也怕误烫唇边。

白茶与黄茶，如空谷幽兰，不以他人不识而哀，也不以他人之赏而喜。得之我幸，不得我命。白、黄之茶，宛如一副对联，不必名山大川，走街串巷举目处，就可以发现绝妙好辞。

黑茶，粗枝大叶，谈不上精致，也装饰不了厅堂，她长在高原，汲取阳光，吸纳各家之长，像每一个家庭主妇所过的日子，她说得出媲美哲学家的句子，也讲得了东家长西家短的絮语。一碗黑茶，可以穿越回《诗经》和《古诗十九首》的年代，无名的作者，激越而真挚的情感，像我们每一个人。

那么，普洱茶般的女子，会是怎样的女子？

刚被采下的嫩叶，一离开母体便被女子的体温熨烫，在之后的时光里，在漫长的孤独中等待，留下岁月的沧桑印记，满是寂寞的心思。而终于有一天，有人对她说："我更爱你的沧桑容颜。"接着，小心翼翼地用沸腾的泉水冲洗那岁月的痕迹，顷刻间，香浓醇甜，温和柔美，缠绵地顺心而上，所有的等待仿佛只是为了这一刻的美丽。若有若无之间，人已痴了三分。反复冲泡，喉韵悠长，可以冲淡一切烦恼，可以调剂一切寂寞，可以解开千千心结，又是那样满怀心思，叫人无比怜惜……

女人与茶，都有着婀娜的身体，一个绽放在人群中，一个绽放在清水里，那种韵味，那种妩媚，是何等的息息相通。那份娇嫩和光泽，温暖外界的方式，洋溢着的芬芳，都是那么一脉相承。当赶马的男人终于有机会也有时间静静地品茶时，他味蕾上期待的是不是梦中的情人？普洱茶一般的女子，就是高原女子，在波涛汹涌的俗世洪流里，一直清醇悠长回味无穷，见证着充满激情的岁月。

上好的普洱茶，令人齿颊含香。那个女人的形象在茶香里曼妙轻舞。是的，是那如普洱茶般的女子——坚韧，在寂寞的时光里慢慢沉淀，然后释放。

◎ 和蒋夔寄茶

我生百事常随缘，四方水陆无不便。

扁舟渡江适吴越，三年饮食穷芳鲜[1]。

金齑玉脍[2]饭炊雪，海螯[3]江柱[4]初脱泉[5]。

临风饱食甘寝罢，一瓯花乳浮轻圆[6]。

———————

1 芳鲜：新鲜美味的食物。《艺文类聚》卷五七引汉傅毅《七激》："酌旨酒，割芳鲜。"明徐渭《胡桃》："羌果荐冰瓯，芳鲜占客楼。"

2 金齑（jī）玉脍（kuài）：原指古代吴郡的一种美味菜肴，用细切的鲜鲈鱼和菰菜制成，鲈鱼鲜白如玉，菰菜嫩黄如金，因而得名，后泛指精美的食物。《太平广记》引颜师古《大业拾遗记·吴馔》："收鲈鱼三尺以下者作干鲙，浸渍讫，布裹沥水令尽，散置盘内，取香柔花叶，相间细切，和鲙拨令调匀，霜后鲈鱼，肉白如雪，不腥，所谓金齑玉鲙，东南之佳味也。"

3 海螯（áo）：传说中的海中巨鳖。

4 江柱：江里的瑶柱，即扇贝的闭壳肌，是一种名贵的海味。宋陆游《老学庵笔记》："明州江瑶柱有二种：大者江瑶，小者沙瑶。然沙瑶可种，逾年则成江瑶矣。"

5 脱泉：刚刚离开水面。唐白居易《放鱼》："脱泉虽已久，得水犹可苏。"

6 轻圆：形容物体轻浮而圆润。宋朱淑真《圆子》："轻圆绝胜鸡头肉，滑腻偏宜蟹眼汤。"

自从舍舟入东武[7]，沃野便到桑麻[8]川。

剪毛胡羊[9]大如马，谁记鹿角[10]腥盘筵。

厨中蒸粟[11]堆饭瓮[12]，大杓更取酸生涎[13]。

---

7 东武：今山东省诸城市。西汉初年置县，始称东武，隋代改称诸城，宋、金、元属密州，明、清复称诸城。新中国成立后设诸城县，1987年撤县建市。

8 桑麻：桑树和麻树。植桑饲蚕取茧，植麻取其纤维，同为古代农业解决衣着的最重要的经济活动。这里泛指农作物。

9 胡羊：绵羊。南朝梁武帝《代苏属国妇诗》："胡羊久剽夺，汉节故支持。"宋苏轼《次韵子由使契丹至涿州见寄四首·其二》："胡羊代马得安眠，穷发之南共一天。"

10 鹿角：一种学名为"丝背细鳞鲀"的鱼，又有俗称"鹿角鱼""剥皮鱼"。欧阳修《奉答圣俞达头鱼之作》："毛鱼与鹿角，一龠数千百。"

11 粟：小米，蒸成的饭粗粝难食。《三国演义》第十三回："野老进粟饭，上与后共食，粗粝不能下咽。"

12 饭瓮（wèng）：一种盛饭的陶器，腹部较大。宋苏轼《除夜大雪，留潍州。元日，早晴，遂行。中途，雪复作》："春雪虽云晚，春麦犹可种。敢怨行役劳，助尔歌饭瓮。"王十朋集注引文曰："山东人埋肉于饭下而食之，谓之饭瓮。"

13 苏轼自注："山东喜食粟饭，饮酸酱。"酸酱，类似今天的酸汤。小米饭干，不易下口。佐以汤，方便下咽。

柘罗 [14] 铜碾弃不用，脂麻 [15] 白土 [16] 须盆研。

故人犹作旧眼看，谓我好尚如当年。

沙溪 [17] 北苑 [18] 强分别，水脚一线争谁先。

清诗 [19] 两幅寄千里，紫金 [20] 百饼费万钱。

---

14 柘（zhè）罗：即茶罗，配合茶碾子使用，用来筛罗茶末的工具。罗圈多为木质，因此又有别名"柘罗"。

15 脂麻：芝麻。

16 白土：一种像茶末的米粉。

17 沙溪：宋代皇家茶苑北苑旁边之地，所产之茶较劣。宋子安《东溪试茶录》："沙溪去北苑西十里，山浅土薄，茶生则叶细，芽不肥乳。自溪口诸焙，色黄而土气。"

18 北苑：宋代建溪的北苑茶，其地在一山中间，其周围都是荒弃之地。茶出自此山者号"正焙"，一出此山之外者，则曰"外焙"。

19 清诗：清新的诗篇。西晋傅咸《赠崔伏二郎诗》："人之好我，赠我清诗。"唐杜甫《解闷》："复忆襄阳孟浩然，清诗句句尽堪传。"

20 紫金：指茶饼的颜色。蔡襄、赵佶都说，随着时间的推移，茶饼会出现紫色。

吟哦²¹ 烹噍²² 两奇绝，只恐偷乞烦封缠²³。

老妻稚子不知爱，一半已入姜盐煎。

人生所遇无不可，南北嗜好知谁贤。

死生祸福久不择²⁴，更论甘苦争蚩妍²⁵。

知君穷旅²⁶ 不自释²⁷，因²⁸ 诗寄谢²⁹ 聊相镌³⁰。

---

21 吟哦：有节奏地朗诵诗歌。

22 噍（jiào）：通嚼，咀嚼。

23 封缠：封缄、缠缚。

24 不择：不区分，不躲避，不拒绝。宋苏轼《奉和成伯大雨中会客解嘲》："我生祸患久不择，肯为一时风雨阻。"

25 蚩妍：丑陋与美好。

26 穷旅：困居异乡的人。宋梅尧臣《雪中廖宣城寄酒》："宣城太守闵穷旅，双壶贮酝兵吏颁。"

27 自释：自行宽解。北齐颜之推《颜氏家训·勉学》："元帝在江荆间，复所爱习，召致学生，亲为教授。废寝忘食，以夜继朝，乃至倦剧愁愤，辄以讲自释。"

28 因：于是。

29 寄谢：答谢。

30 相镌：相互砥砺。宋曾巩《送王希序》："使以言相镌切邪，示吾言不足进也。"

诗歌大意

我一生万事皆随缘，游四方走水陆两道都可以。

之前坐着小船渡江到杭州，三年饮食穷尽了味道鲜美的食材。

吃着鲈鱼莼菜这样精美的佳肴，吃着雪花一样的大米，还有刚从江海里打捞上来的新鲜的海鳌与江瑶柱。

吹着清风饱食后美美睡了一觉，醒来接着喝上一碗刚点的乳花未散的茶。

自从舍舟上陆路到了东武后，穿过大片沃土就到了种满桑麻的平原。

剪毛的绵羊大得就像马，哪还堪想起吴越的水鲜盛宴呢。

厨房里蒸的是粟米，饭碗下埋着肉，大勺子舀来一碗酸汤。

茶罗与铜碾都弃而不用了，粗茶末与细茶末用盆就可以研。

认识我的人还是用过去的眼光看待我，说我的爱好还是一如当年啊。

沙溪茶与北苑茶非要说区别的话，也只是在水脚处争一争先后。

清新的诗篇两首寄送千里，紫色的团茶百饼就要费上万的钱。

吟诗与烹嚼是我的两大绝活儿，如今只怕茶叶被偷，还得费心封缠好。

老妻小孩却不知道我所爱，茶有一半已经放入了姜盐同煎。

人生所遇没有什么不可以承受的，南北的不同嗜好也没什么好不好的分别。

死与生、祸与福，老早就全都不拒绝、不躲避了，更不用说甘甜与苦涩、丑陋与美好这样的区别而已了。

知道老兄你久困异乡不能自我宽解释怀，于是我寄诗答谢你赠的茶以相互砥砺。

苏轼诗里的白土是什么?

蒋夔,生平不详,与苏轼兄弟的交情不错,蒋夔赴代州任州学教授,苏东坡与苏辙都有送行诗。

熙宁八年(1075)冬天,在密州太守任上的苏东坡收到蒋夔寄来的茶饼,此时,他刚从杭州到山东密州为官。比起杭州来,密州条件要差太多。密州属于京东东路,治所在诸城,下辖县有四个:诸城、安丘、莒县、高密。这一年,苏轼将诸城西北城墙废旧的土台修葺一番,命名为"超然台",后来成为他在诸城会友煮茶的好去处。

从鱼米之乡到了面粟之地,饮食是日常要克服的第一关。那些在杭州的讲究,到了密州变成了只要能下口、能解渴就行。苏轼在《超然台记》里说:"余自钱塘移守胶西,释舟楫之安,而服车马之劳;去雕墙之美,而蔽采椽之居;背湖山之观,而适桑麻之野。"

苏轼在杭州与密州的差别是怎样的呢?

在杭州,他吃的是白花花、晶莹剔透的大白米饭,到了密州就变成了难以下咽的黄粟干饭。在杭州的下饭菜是鲜嫩的鲈鱼,夹一筷宛如雪花,所谓"金齑玉脍",就连隋炀帝吃了都赞不绝口。在密州呢?佐饭的是一碗酸菜汤而已。至于饭后那雪沫般的茶饽,在杭州是享受,到了密州,唉!苏轼感慨道,你知道不知道啊，我曾经喝茶那个讲究啊！现在喝的茶，与以往相比就如沙溪茶和北苑茶的天差地别。我现在离开那个精致的环境，带来的茶罗与茶碾都成了摆设。朋友遥寄来的饼茶，只能在菜盆里捣碎，丢进锅里，加了生姜与盐巴。但你能说这没有茶味，说这种方式糟蹋茶吗？

苏轼的遭遇，难道不是我们大部分茶人的日常遭遇？

在茶店里，一水二水地比较着品饮，聊着水路的粗细、汤感的细微变化，一旦离开了那个语境，茶往保温杯里一丢，渴了揭盖即饮，只求有个茶味，只要别是白开水就行。

回味美食，品读诗，有食味，有诗味。密州有枸杞与菊花，苏轼与友人沿着城墙就可以摘到一些。在但求一饱的日子里，他咀嚼草木，聊以自慰。

人生一世，如肘之屈伸。何为贫穷？何为富贵？什么是美？什么是丑？

除了白米饭、白色鱼肉、白色茶末，苏轼还写到了后世很难解的"白土"。

不仅《和蒋夔寄茶》里写到白土，苏轼在《寄周安孺茶》里也提到了白土，"姜盐拌白土，稍稍从吾蜀"。梅尧臣《次韵和永叔尝新茶杂言》里也写道："此等莫与北俗道，只解白土和脂麻。"

需要展开说说"白土"，因为白土现在被许多校注者改成了"白盐"，完全是误读了。白土，其实是白米粉。

宋元之际的方回编有《瀛奎律髓》，卷十八是"咏茶门"，他在里面有段评价涉及白土："南人一日之间不可无数杯，北人和揉酥酪杂物，蜀人又特入白土，皆古之所无有也。"

北方人喜欢在茶里加奶酪，四川人喜欢加米粉。但真的如此吗？加白土其实并非蜀地独有的风尚，而是一种流传较广的民间"造假"风尚。

陆游在《入蜀记》里说："建茶旧杂以米粉，复更以薯蓣（yù），两年来又更以楮（chǔ）芽，与茶味颇相入，且多乳，惟过梅则无复气味矣。非精识者，未易察也。"他说，过去的建茶只是加米粉，现在还加了薯蓣（山药），还有洲上初生的草芽，这些添加品不但不违背茶叶的味道，还使茶多乳，不是老茶人轻易察觉不出来。

宋元之际的马端临编撰的《文献通考》里记载："元丰中，宋用臣都提举汴河堤岸，创奏修置水磨，凡在京茶户擅磨末茶者有禁，并赴官请买，而茶铺入米豆杂物拌和者有罚，募人告者有赏。"由此可见，将米豆杂物之粉掺入末茶来造假的情况很普遍，已经到了要立法规范的地步了。《宋会要》记载，末茶经常会掺入黄米、绿豆、沙面等物。

周朝辉在《日本茶道一千年》里说，在冲绳，还流传着一种古老的点茶法，主要的特征就是将米汤加入茶汤里，用茶筅打出大量泡沫，加上各种佐料后再品饮，把茶汤、泡沫连同佐料一起吃进。清嘉庆五年（1800），前往琉球册封的大清副使李鼎元在琉球士族梁焕家里就领略过一种古法末茶："遇所敬客，乃烹茶。以细米粉少许杂茶末，入沸水半瓯，搅以小竹帚，以沫满瓯面为度。"

我们也曾经做过一个小实验，现在往茶粉里加点米粉，确实会出现大量的"沫饽"。在追求沫饽的宋代，加米粉也就不足为怪了。

◎ 问大冶长老乞桃花茶栽东坡

周诗[1]记荼苦[2]，茗饮出近世。

初缘厌粱肉[3]，假此雪昏滞[4]。

嗟我五亩园，桑麦苦蒙翳[5]。

不令寸地闲，更乞茶子艺[6]。

饥寒未知免，已作太饱计。

庶[7]将通有无，农末[8]不相戾[9]。

---

1 周诗：即《诗经》。

2 荼苦：荼，原指一种苦菜，《诗经·邶风·谷风》："谁谓荼苦？其甘如荠。""荼"也是"茶"的古字。

3 粱肉：以粱为饭，以肉为肴。指精美的膳食。

4 雪昏滞：除去昏昧与呆滞。唐陆羽《茶经》："荡昏寐，饮之以茶。"宋袁燮《谢吴察院惠建茶》："此物雪昏滞，敏妙如破竹。"

5 蒙翳：遮蔽，覆盖。宋苏轼《凌虚台记》："昔者荒草野田，霜露之所蒙翳，狐虺之所窜伏。"

6 艺：种植之意。

7 庶：但愿。

8 农末：即农业和商业，古代"士农工商"，商业排在末位。

9 戾：违背。

春来冻地裂，紫笋[10]森已锐。

牛羊烦呵叱，筐筥未敢睨。

江南老道人，齿发日夜逝。

他年雪堂品，空记桃花裔。

10 紫笋：一种名茶。唐白居易《题周皓大夫新亭子二十二韵》："茶香飘紫笋，脍缕落红鳞。"宋苏轼《宿临安净土寺》："觉来烹石泉，紫笋发轻乳。"

诗歌大意

《诗经》里记载"荼"是苦的，而后来的"茶"的字形借了古"荼"字，茶饮是很近代的事了。

茶能来到餐桌前是因为大鱼大肉吃多了，才需要茶来消除不通畅的地方。

可叹我的五亩地，虽然种上了桑树与小麦，可地里空隙处已经满是爬藤植物了。

为不让土地有寸余空闲，便向你讨要茶的种子来栽种。

饥寒不知道能不能避免，反正我倒是做足了避免吃太饱的打算。

但愿将来能互通有无，农业与商业不相违背。

春天来的时候冰雪融化，茶芽长得快而茂盛。

要随时呵斥那些想吃掉茶芽的牛羊，让它们连装茶的筐筥都不敢多看一眼。

江南老道人啊，年龄每天都在增长。

他年我们在东坡雪堂品茶，只记得这桃花茶了。

◎ 种茶

松间旅生¹茶，已与松俱瘦。

茨棘²尚未容，蒙翳争交构。

天公所遗弃，百岁仍稚幼。

紫笋虽不长，孤根乃独寿。

移栽白鹤岭³，土软春雨后。

弥旬⁴得连阴，似许⁵晚遂茂。

能忘流转苦，戢戢⁶出鸟咮⁷。

未任供春磨，且可资摘嗅。

千团输大官，百饼炫私斗。

何如此一啜，有味出吾圃。

---

1 旅生：野生，不种而生。

2 茨棘：蒺藜与荆棘。泛指杂草。喻困难的处境。《诗经·小雅·楚茨》："楚楚者茨，言抽其棘。"

3 白鹤岭：苏轼被贬惠州，在白鹤岭上筑新居。

4 弥旬：满十天。

5 似许：如此。

6 戢（jí）戢：象声词，形容细小之声。

7 鸟咮（zhòu）：鸟嘴。

诗歌大意

松树间的野生茶，已经与松树一起瘦下来了。

地上的空间还未容许杂草长起来，那些藤蔓却早已盘根错节。

果然是老天遗弃之地，过了百年看起来还是那么稚拙荒芜。

这棵茶树虽然不是有年头的，但是独生根，能够长寿。

一场春雨过后，土壤松软，我把茶树移栽到白鹤岭。

又亏得接下来的十天都阴雨绵绵，如此一来，后面茶树肯定会长得茂盛。

它能使我忘怀流转之苦，长出了鸟嘴一般的嫩芽，仿佛能发出吱吱的动听鸟叫声。

担当不起供茶磨磨春的量，只能供采摘后放在掌心闻闻叶香。

数以千计的团茶供给了皇家与官府，数百饼茶用在了民间如火如荼的斗茶中。

这些哪里比得上我这一口茶香呢，还是我的茶园有滋有味啊。

茶树移栽难成活

苏轼一定没想到，千年后，他的茶诗《问大冶长老乞桃花茶栽东坡》会引发那么多的争论。争论的点是，是桃花还是桃花茶？这桃花茶到底在哪儿？争论的背后，是眼下各地文旅部门都需要一个强大的文化符号来为当地注入活力，能抢一个是一个。

如果不考虑这些，那么苏东坡这首诗就是一首很纯正的田园诗，苏东坡终于活成他偶像陶渊明的样子，躬耕田园，把茶话桑麻。

桃花茶，其实是来自桃花寺的茶。

我有个小院子，搬家后我很想种一片茶园，最开始种的是从冰岛移栽过来的茶树，还没有半年时间就都死了。接着又从老曼娥移栽了十二棵种到院子里，半年后死了一半，一年后死得只剩下一棵，三年后这棵也死了。开始以为是培育的方式不对，请教了几位专家，他们说大叶种的茶树在昆明种不活，昆明海拔高，冬天会下霜，大叶子茶树最怕霜。那棵活了三年的，肯定是受到了其他大树的庇护。

他们说得对，我的院子里，有一棵非常高大的桂花树。就在我放弃养茶树的时候，我书店所在的雄达茶城却从昌宁移栽了很多茶树过来，都长得很好，一问，才知是云南良种云抗十

246

号。这个品种很神奇，有一年勐海下了一场前所未有的大雪，云南茶科所勐海基地里的茶树都被冻死了，只有云抗十号活了下来。之后它被选育到各地，都长得很好。现在大家到云南，看到那些现代茶园，所种的茶树几乎都是云抗十号。

我并没像大部分人那样把小院改造成一个花园，而是开荒成了一块菜地。顺季种些蔬菜，早上吃早餐的时候，孩子说要加点香菜，于是就拿着剪刀去剪了一把来。土豆成熟的季节，是全家人最开心的时候，我们还特意举办了一个开采仪式，因为我们都爱吃土豆，土豆可以煮，可以烤，可以炸，换着样儿地吃。

我自幼在农村长大，农活干到大二才算彻底告别，大一放假回家都还要下地收苞谷，摆脱农村生活几乎是我高考唯一的动力。在昆明生活二十多年后，忽然有了一块田，想到的不是那十几年的农村生活，而是大学时阅读陶渊明的感受：当时困惑得不行，为什么农村那么难待的地方，陶渊明会喜欢？

现在我明白了，直到陶渊明出现，那块耕种了上千年的土地才被诗歌浇灌，才形成了独有的田园人格。中国的知识分子，不经历磨难理解不了陶渊明的伟大，李商隐在困境中靠阅读陶渊明度过，苏东坡在艰难的日子里，也是靠阅读陶渊明度过——以前他以为自己只是读读诗歌、发发感慨就可以，但现在，他必须像陶渊明一样下地干活。

元丰三年（1080），遭遇乌台诗案的苏轼死里逃生，到黄州充团练副使。苏轼带着一家老小，微薄的俸禄不够养家，他就决定自己动手，丰衣足食。他的朋友马正卿帮忙，为苏轼从官府处申请到了一片废弃的营地。

营地有五十来亩，苏轼带着全家人清除残根瓦砾，刈草割棘。他又从附近老农手里购买了一头耕牛，过上了十足的农民生活。为了让土地充分发挥效用，整块地中间种了果树，爱喝茶的苏轼心想要是栽上些茶树，不仅自己喝的不用愁，连朋友来了也有的喝。我当时在小院里种茶树，怀的也是这般心思。

苏东坡在耕种期间，除了想到陶渊明，还想到白居易，毕竟他此时还不能完全算一个农夫，白居易发明了一个词，叫"中隐"，就是做没什么事的闲官，比纯粹归于田园的小隐有物质保障。

白居易有诗《东坡种花》，诗中有"持钱买花树，城东坡上栽""东坡春向暮，树木今何如"，苏轼才能够从白居易那里借来"东坡"两字，从此苏轼变成了苏东坡。在那片暂借的土地上，他盖了五间草屋，落成之日，恰好天降瑞雪，于是那里便有了一个称呼：东坡雪堂。

苏轼在东坡雪堂，最后有没有喝上桃花茶？

如果他把茶树栽活了的话，他在黄州待了四年，应该是有机会喝到的。

◎ 寄周安孺茶

大哉天宇内，植物知几族。

灵品独标奇，迥超[1] 凡草木。

名从姬旦[2] 始，渐播《桐君录》[3]。

赋咏谁最先，厥传惟杜育[4]。

唐人未知好，论著始于陆。

---

1 迥超：远远超过。

2 姬旦：周公，西周开国元勋。

3 《桐君录》：全名"桐君采药录"，是一部本草学专著，大约成书于魏晋时期，今不传。陆羽在《茶经》里引用过《桐君录》里记载的茶事：西阳、武昌、庐江、晋陵等东部地区（今河南、安徽、湖北、江苏等地）的人喜欢饮茶，而且都喝清茶；茶有饽，喝了对人有好处；凡可做饮品的植物，大都是用它们的叶，而天门冬、金刚藤却是用其根，也对人有好处。

4 杜育：晋代文学家，其作《荈赋》对陆羽写《茶经》影响甚大。《荈赋》记载了茶叶的生长环境、种植的地理条件、采摘时令、人群、泡茶的用具、茶汤颜色以及感受，最后以茶的功效结尾。

常李 [5] 亦清流，当年慕高躅 [6]。

遂使天下士，嗜此偶于俗。

岂但 [7] 中土珍，兼之异邦鬻 [8]。

鹿门 [9] 有佳士，博览无不瞩。

邂逅天随翁 [10]，篇章互赓续。

---

5 常李：唐人常伯熊与李季卿，据唐封演《封氏闻见录》，唐代茶饮始盛，陆羽作茶论，常伯熊因而广之，时值御史大夫李季卿宣慰江南，先后请来常伯熊与陆羽为其煎茶。

6 高躅（zhú）：崇高的品行。《晋书·隐逸传》："确乎群士，超然绝俗，养粹岩阿，销声林曲。激贪止竞，永垂高躅。"

7 岂但：难道只是。

8 鬻（yù）：卖。

9 鹿门：唐代诗人皮日休，字袭美，号逸少，曾居襄阳鹿门山，号鹿门子。皮日休在《茶中杂咏》序里写道："茶之事，由周至于今，竟无纤遗矣。昔晋杜育有《荈赋》，季疵有《茶歌》，余缺然于怀者，谓有其具而不形于诗，亦季疵之馀恨也。遂为十咏，寄天随子。"皮日休把茶诗寄给陆龟蒙后，陆龟蒙也写了《奉和袭美茶具十咏》。

10 天随翁：唐代诗人陆龟蒙，别号天随子。唐陆龟蒙《奉和袭美太湖诗二十首·缥缈峰》："身为大块客，自号天随子。"《新唐书·隐逸传·陆龟蒙》："陆龟蒙，字鲁望，时谓江湖散人，或号天随子、甫里先生。"典出《庄子·在宥》："神动而天随。"

开园颐山¹¹下，屏迹¹²松江曲。

有兴即挥毫，粲然¹³存简牍¹⁴。

伊予¹⁵素寡爱¹⁶，嗜好本不笃。

粤¹⁷自少年时，低徊¹⁸客京毂¹⁹。

---

11 颐山：宜兴颐山，因唐代宰相陆希声隐居于此而出名。陆希声，唐朝时期的一位宰相，字鸿磬，号君阳，苏州吴县（今苏州市）人。隐居宜兴颐山时，作有《阳羡杂咏十九首》，其中有一首《茗坡》："二月山家谷雨天，半坡芳茗露华鲜。春醒酒病兼消渴，惜取新芽旋摘煎。"

12 屏迹：隐居。

13 粲然：形容文辞华丽可观。

14 简牍：中国古代书写用的竹简和木片，在纸发明以前，简牍是中国书籍的最主要形式。

15 伊予：伊，第二人称，即"你"；予，同"余"，第一人称。伊予，就是"你我"。唐韩湘《答从叔愈》："举世都为名利醉，伊予独向道中醒。"

16 寡爱：爱好少。

17 粤：古同"聿""越""曰"，文言助词，用于句首或句中。

18 低徊：徘徊。

19 京毂：即京辇，指国都。晋葛洪《抱朴子·讥惑》："其好事者，朝夕仿效，所谓京辇贵大眉，远方皆半额也。"宋刘敞《雨过前轩偶记》："忽惊谢去尘中游，不知正自居京辇。"

虽非曳裾[20]者，庇荫[21]或华屋。

颇见绮纨[22]中，齿牙厌粱肉。

小龙[23]得屡试，粪土视珠玉[24]。

团凤[25]与葵花[26]，碔砆[27]杂鱼目[28]。

贵人自矜惜[29]，捧玩且缄椟[30]。

---

20 曳裾："曳裾王门"之省称，比喻在权贵的门下做食客。

21 庇荫：提供财力、物力或势力以保护后代子孙。《国语·晋语九》："木有枝叶，犹庇荫人，而况君子之学乎？"

22 绮纨：华丽的丝织品，代指纨绔子弟。

23 小龙：即小龙团茶。

24 典出《史记·货殖列传》："贵出如粪土，贱取如珠玉。"意思是趁价格上涨时，要把货物像倒掉粪土那样赶快卖出去；趁价格下跌时，要把货物像求取珠玉那样赶快收进来。

25 团凤：团茶的一种，又称凤团。

26 葵花：也叫蜀葵，葵花形团茶，径一寸五分，面上有龙纹，第三批入贡茶。

27 碔砆（fū）：亦作"珷玞"，意思为似玉之石。汉司马相如《子虚赋》："碝（ruǎn）石碔砆。"《文选》中李善注引张揖曰："碝石、碔砆，皆石之次玉者……碔砆，赤地白采，葱茏白黑不分。"

28 鱼目：有成语"鱼目混珠"，指用鱼眼假冒珍珠，这里和"碔砆"一起比喻以假乱真，以次充好。

29 矜惜：珍惜。

30 缄椟：封藏于木制盒子中。

未数日注卑，定知双井辱。

于兹 ³¹ 自研讨，至味 ³² 识五六。

自尔 ³³ 入江湖，寻僧访幽独。

高人固多暇，探究亦颇熟。

闻道早春时，携籯 ³⁴ 赴初旭。

惊雷未破蕾，采采不盈匊 ³⁵。

旋洗玉泉 ³⁶ 蒸，芳馨岂停宿。

须臾布轻缕，火候谨盈缩 ³⁷。

不惮 ³⁸ 顷间 ³⁹ 劳，经时 ⁴⁰ 废藏蓄 ⁴¹。

---

31 于兹：在此。

32 至味：最美好的味道。

33 自尔：从此。

34 籯（yíng）：竹笼。

35 匊：一捧。《诗经·小雅·采绿》："终朝采绿，不盈一匊。"

36 泛指要用泉水清洗鲜叶，这是宋代制茶的一个标准程序。

37 盈缩：大小、长短，指蒸茶过程中茶叶形状的动态变化。

38 不惮：不害怕。

39 顷间：近来，顷刻间，一会儿。

40 经时：经过很长的时间。

41 藏蓄：收藏，蓄存。

髹筒 ⁴² 净无染，箬笼 ⁴³ 匀且复。

苦畏梅润侵，暖须人气奥 ⁴⁴。

有如刚耿 ⁴⁵ 性，不受纤芥 ⁴⁶ 触。

又若廉夫心，难将微秽渎 ⁴⁷。

晴天敞虚府 ⁴⁸，石碾破轻绿。

永日 ⁴⁹ 遇闲宾，乳泉 ⁵⁰ 发新馥 ⁵¹。

---

42 髹（xiū）筒：涂上漆的竹筒。

43 箬笼：用箬叶与竹篾编成的盛器。箬叶，叶大而宽，可编竹笠，又可用来包粽子。在宋代，主流使用的是蒻叶，即嫩的香蒲叶。而到明代后，箬叶便成为主流。

44 奥：通燠（yù），热，温暖。

45 刚耿：刚硬，正直。形容茶饼的坚硬和茶品性的高洁。

46 纤芥：细小的嫌隙。

47 秽渎（dú）：污辱；轻慢。五代杜光庭《杨神湍谢土醮词》："其有薰腥秽渎，穿凿侵伤，承此忏祈，咸蒙销解。"宋苏舜钦《与欧阳公书》："诸台益忿，重以秽渎之语上闻，列章墙进，取必于君。"

48 虚府：指居所。宋蒋华子《题孙得休居室》："瓮牖清虚府，盆池小有天。"

49 永日：长日，漫长的白天。《梁书·王规传》："玄冬修夜，朱明永日。"

50 乳泉：钟乳洞所流的泉水，是陆羽所推崇的好水。唐陆羽《茶经》："山水，乳泉、石池漫流者上。"后以"乳泉"泛指甘美而清冽的泉水。

51 新馥：新茶之浓香。

香浓夺兰露，色嫩欺 [52] 秋菊。

闽俗竞传夸 [53]，丰腴面如粥 [54]。

自云叶家白，颇胜中山醁 [55]。

好是 [56] 一杯深，午窗春睡足。

清风击两腋，去欲凌鸿鹄 [57]。

嗟我乐何深，《水经》[58] 亦屡读。

陆子咤中泠 [59]，次乃康王谷 [60]。

---

52 欺：压倒，胜过。唐杜牧《张好好诗》："飘然集仙客，讽赋欺相如。"

53 宋代点茶与斗茶之风气，源自福建。

54 典出赵佶《大观茶论》："惟再罗，则入汤轻泛，粥面光凝，尽茶色。"

55 中山醁（lù）：中山酒。传说中山人狄希能造酒，饮后醉千日，因此称千日酒。后以"中山酒"泛指美酒。

56 好是：恰是，真是，妙哉之意。

57 鸿鹄：大雁与天鹅，常用来形容人的志向远大。

58 《水经》：指唐代张又新的《煎茶水记》。

59 中泠：名泉，在今江苏镇江市金山下的长江中。

60 康王谷：泉名，在今江西省九江市庐山风景区，唐张又新在其《煎茶水记》中记载，陆羽反驳前人对泉水的品评，认为第一名的中泠泉不佳，而将康王谷泉水推为天下泉水第一。

蟆培⁶¹顷曾尝，瓶罂⁶²走僮仆。

如今老且懒，细事百不欲。

美恶两俱忘，谁能强追逐。

姜盐拌白土，稍稍从吾蜀。

尚欲外形骸⁶³，安能徇口腹。

由来薄滋味，日饭止脱粟⁶⁴。

外慕⁶⁵既已矣，胡为⁶⁶此羁束⁶⁷。

昨日散幽步⁶⁸，偶上天峰麓⁶⁹。

山圊正春风，蒙茸万旗簇。

---

61 蟆培：即虾蟆碚，在今湖北省宜昌市灯影峡中，旁有泉水。苏轼有诗《虾蟆培》专门写此泉。

62 罂（yīng）：泛指口小腹大的器皿。

63 外形骸：形骸之外，指表面的东西。

64 脱粟：糙米，只去皮壳、不加精制的米。

65 外慕：别有喜好。

66 胡为：为什么。

67 羁束：拘束。西晋张协《杂诗》："述职投边城，羁束戎旅间。"

68 幽步：闲步。唐钱起《奉使采箭竿竹谷中晨兴赴岭》诗："重峰转森爽，幽步更超越。"

69 天峰麓：在今天湖北省黄冈市蕲春县。

呼儿为招客，采制聊亦复[70]。

地僻谁我从，包藏置厨箧[71]。

何尝较优劣，但喜破睡速。

况此夏日长，人间正炎毒。

幽人无一事，午饭饱蔬菽。

困卧北窗风[72]，风微动窗竹。

乳瓯十分满，人世真局促。

意爽飘欲仙，头轻快如沐。

昔人固多癖，我癖良可赎。

为问[73]刘伯伦[74]，胡然[75]枕糟曲[76]。

———————

70 亦复：同样。

71 厨箧：书柜和书箧。

72 典出陶渊明《与子俨等书》："常言五六月中，北窗下卧，遇凉风暂至，自谓是羲皇上人。"

73 为问：借问，请问。

74 刘伯伦：刘伶，字伯伦，魏晋名士，竹林七贤之一，著有《酒德颂》。苏轼《放鹤亭记》："周公作《酒诰》，卫武公作《抑戒》，以为荒惑败乱，无若酒者；而刘伶、阮籍之徒，以此全其真而名后世。"

75 胡然：为何。

76 枕糟曲：指枕着酒糟，意谓嗜酒、醉酒。

诗歌大意

天下如此大，不知道有多少种植物啊。

茶是植物中的灵品，美好特殊，远远超过平凡草木。

名声从周公那时就开始有了，《桐君录》将它慢慢传播开来。

最早赋咏茶的是哪位？是魏晋时期杜育，他写了一篇《荈赋》。

唐人不知道茶的好处，唐代关于茶的论著始于陆羽《茶经》。

常伯熊、李季卿也都是清流，当年曾追慕陆羽高尚的品质。

于是天下士人都追随他们，有了这不流俗的品茶嗜好。

难道只有中土视茶为珍品吗？塞外异邦也纷纷购买。

襄阳鹿门山的名士皮日休，博览群书无所不看。

邂逅陆龟蒙后，两人相互写诗，继续倡导茶事。

宜兴颐山下开了茶园，原来是陆希声到了吴淞江隐居。

兴趣来了便挥毫，华丽的文辞留在了简牍之中。

你我爱好本来就少，嗜好原本就不深。

从少年时代开始，就客居京城，到处徘徊。

虽然不是权贵门下的食客，但也受到家族的庇荫，住在华屋。

也见到许多纨绔子弟，有厌倦吃精美食物的时候。

小龙团茶也经常能吃到，将珍贵之物视若粪土。

凤饼与蜀葵茶的质量参差不齐，就像用似玉的石头混在玉中，将鱼眼睛混在珍珠中作假。

贵人们却自顾自地爱惜着这些赝品，捧在手中赏玩，而后装到木匣中珍藏。

日铸茶的卑微尚且不论，双井茶的受辱是可以想见的。

因此在这里对茶事来做一番研讨，于茶中至味我还是识得十之五六的。

自从入了江湖，便四处寻高僧访隐士。

高人空暇的时间本来就多一些，我去探访他们，跟他们聊得也很投缘。

听说采茶的人要在早春时节，携带茶篮赶第一缕阳光。

春雷还没有催发茶芽，采来采去还不满一捧。

采摘下来的嫩叶要用泉水洗，然后马上蒸，芬芳之物岂能过夜。

没多久茶便被轻轻地放到蒸布上，小心翼翼地调控火候的大小。

不用担心这一会儿的劳顿，嫩茶叶要是放久了不处理就再也不能用了。

鬂筒干净无染，箬笼里的箬叶已经一层层地均匀铺好。

需要考虑到梅雨天茶叶会受潮，得人为地主动加暖。

有的茶饼坚硬挺直，接受不了任何细微的碰触。

又像廉洁之人，忍受不了一点点轻慢。

在某一个晴天，敞开居所，用石碾碾碎茶叶。

在漫长的白天遇到悠闲的宾客，用乳泉来发点新茶。

那香味可夺兰露之幽香，那色彩嫩得胜过了秋天的菊花。

福建茶俗是竞相夸耀，丰腴的汤面好似白粥。

自我介绍说这是建溪的名茶叶家白，滋味胜过传说中的美酒中山酒。

妙哉，在春天的午后刚睡足醒来时，来上这么一杯茶。

饮后感受到卢仝所谓两腋下清风习习，就要像大雁和天鹅一般振翅飞去。

我是多么快乐啊，《煎茶水记》也是经常读。

陆羽贬斥《煎茶水记》中推为第一位的中泠泉水，转而推康王谷为第一。

虾蟆碚的泉水我亲自在那里尝过，僮仆还打了泉水装到瓶罍里。

如今我老了也懒了，细致的事都不想去做了。

美的丑的都忘却了，谁能逆着命运强自追求呢？

用姜和盐来煮茶，再拌进来点米粉，稍稍来点四川老家的饮茶法。

还想将形骸置之度外，追求精神的自由，怎么能一味地满足口腹的贪婪欲求呢。

很久以来就只有薄薄的滋味了，日常吃的饭也只有糙米。

对外物的喜好既然已经断绝如此了，为什么还是受到茶欲的拘束？

昨天出门散步，偶然上了天峰山麓。

茶园里正吹着春风，刚冒出的芽万叶簇拥。

赶紧叫儿子过来招揽大家，一起采摘茶叶、制茶。

可这么偏远的地方有谁跟随我啊？只能将采来的茶包好放置在书柜与书簏上。

哪还去比较茶之优劣啊，就是喜欢它破除困意的速度快。

况且此地夏日很长啊，人间正是炎热毒辣的时候。

隐居的人没有什么事，就以简单的蔬菜粮食饱餐一顿来做午饭。

困了就在北窗下吹风，风轻轻地吹动着窗外的竹子。

这乳瓯能点十分满，但这广大的人世却很局促。

饮茶后神清气爽飘飘欲仙，头上轻快得出了汗就像在沐浴。

人啊就是会有很多癖好，而我这个茶癖还是可以原谅的。

借问刘伶大先生，为什么睡觉时要枕着酒糟？

苏轼风格的中国茶史

《寄周安孺茶》写于北宋元丰六年（1083），当时苏轼在黄州。周安孺是何方神圣？不可考。

诗有120句，讲了茶的历史。有宇宙以来，就有草木，从周公开始，茶就被一路讴歌至今，经过杜育、陆羽、陆龟蒙、皮日休、陆希声这些名士的赞誉，茶已经成为一种超凡的饮品。

苏轼说，他本是蜀中一小镇青年，原本并没有这高级的品饮爱好，但到了京城，那股浓郁的品茶氛围一下子就把自己捕获了。京城这种繁华之地，自然天下各种好茶都会汇集于此，苏轼除了接触到小龙团，还接触了凤饼与蜀葵，而日铸茶与双井茶这些草茶就更不在话下。居京数年，天下茶味识得五六。后来深入江湖，探访各种高人，也了解了茶是怎么制作的。

顺着苏轼的指引，我们来到宋代茶的采制现场。天刚蒙蒙亮，采茶人就背着茶篓上茶山，茶叶太细太嫩，采摘人采了老半天却还不满一捧。采下来的茶叶，随后被投到山泉水里清洗，还要连夜完成蒸青、研膏、烘干等工作。

苏轼善于为茶注入人格，"有如刚耿性，不受纤芥触"，"又若廉夫心，难将微秽渎"。茶饼如人，有些刚性耿直，受不了轻微试探；有些则像有洁癖的人，受不了一点污染。

不污是中国茶道艺术的重要特征，也是茶性的重要特征，唐代诗人韦应物就有"性洁不可污"之说。苏轼写给钱安道的茶诗，提出茶有君子茶与小人茶的分别：君子之茶，茶味和且正；小人之茶，茶味无赖，空有虚名。

"晴天敞虚府，石碾破轻绿。永日遇闲宾，乳泉发新馥。"天气好，茶好，人好，这符合胡仔总结的宋人"品茶三不点"审美，也是苏轼在茶诗里着力构建的饮茶的美好场景。

苏轼经常拿福建的茶俗与四川的茶俗做比较。福建的制茶、斗茶、点茶经过丁谓、蔡襄等人的推广，影响了皇室，继而风靡东京，影响全国。四川的风俗，也是宋代全民的饮茶风俗，煮茶的时候要加一点点米粉，也就是他诗里常说的"白土"，还要加点葱姜。这种饮茶法，被陆羽很清楚地记录到了《茶经》里，而当时的化外之地云南的茶俗，樊绰在《云南志》里也做了明白的记录。

茶的种类，根据最终的呈现形态来分，有粗茶、散茶、末茶、饼茶。经过刀劈、汤熬、火烤、石捣，放到瓶缶中，用开水冲灌，这种在唐代盛行的饮茶方式叫作庵茶。或加葱、姜、枣、橘皮、茱萸、薄荷等，煮很长的时间，茶汤被搅得稠滑，或煮好去沫，都不过是吃茶习俗罢了！

这种饮茶方式也有很长的历史渊源。三国时期成书的词典《广雅》说，湖北、重庆一带，采茶叶做成茶饼，叶子老的茶叶制成茶饼后，用米汤浸泡。想煮茶喝时，先烤茶饼，使它呈现红色，捣成碎末，而后放置于瓷器中，冲进开水，再放些葱、姜、橘子一起煎煮。喝了它可以醒酒，使人兴奋不想睡。

成书于魏晋时期的本草学专著《桐君录》记载，西阳、武昌、庐江、晋陵等地人喜欢饮茶，而且喜欢喝清茶。这些地区位于今天的河南、湖北、安徽、江苏一带，所以书中称为"东人好清茗"。茶有饽，喝了对人有好处。凡可做饮品的植物，大都是用其叶，而天门冬、菝葜却是用其根，也对人有好处。巴东（今重庆东部）有真茗茶，喝多了睡不着。当地人习惯把檀叶和大的皂李叶煮来当茶喝，清凉爽口。南方还有瓜芦树，它的叶大一点，也像茶，又苦又涩，制为屑茶，喝了也可以整夜不眠，煮盐的人全靠喝这个来支撑自己不犯困。交州和广州（今广东省、越南部分地区）是最重视饮茶的，客人来了，先用它来招待，还要加一些香料进去。

唐代樊绰在云南看到的茶饮是"茶出银生城界诸山。散收，无采造法。蒙舍蛮以椒、姜、桂和烹而饮之"。这种茶、姜、椒、桂（也许还有别的植物）超级组合的营养大餐，现在在云南被称为"雷响茶"（指声音）、"油茶"（指材料），在秦岭的甘肃康县、陕西略阳以及宁夏西海固一带叫"罐罐茶"（指工具），在广东、福建、湖南一带叫"擂茶"（指工具和程序），这就是茶饮活着的历史。2022年，"中国传统制茶技艺及其相关习俗"被联合国教科文组织列入人类非物质文化遗产，

2023 年，云南景迈山古茶林文化景观又被列入世界文化遗产，这都体现出中国式生活对世界的影响。

在唐宋，加白土是茶俗。苏轼在《书薛能茶诗》里说，唐人煎茶用盐和姜，因为唐代薛能诗中写道："盐损添常戒，姜宜着更夸。"苏轼将其与宋代饮茶法做比较："近世有用此二物者，辄大笑之。然茶之中等者，用姜煎信佳也，盐则不可。"

苏轼所品的好茶是什么？叶家白。

北宋有一个叶姓的家族，以产极品茶著称，他们做的茶被称为"叶家白"或"叶白"，在宋代享有盛名，是可以与北苑壑源齐名的名品。苏轼的《叶嘉传》，便是以叶家为原型写就。

在宋代，叶家的白茶树是极致好茶的代名词，宋徽宗赵佶的《大观茶论·品名》一节就专门介绍过。就好比现在喝茶，有人向你炫耀他有凤凰山的宋种、武夷山母树大红袍、云南冰岛茶王树或老班章茶王树。苏轼《岐亭五首·其三》有"仍须烦素手，自点叶家白"，苏辙《西湖二咏·观捕鱼》有"食罢相携堤上步，将散重煎叶家白"，都是炫耀。叶家白可以与传说中的中山酒媲美。

苏轼喝茶的时间，经常是午休后起来，一碗下去，整个人都清醒过来。在茶叶的功效中，破睡魔一度排名靠前。

苏轼不仅说茶，还讲了水。陆羽评水，天下第二的惠山泉与第四的虾蟆碚他都去过，这两处名泉，也是宋代茶人写得比较多的地方。根据钱时霖统计，咏惠山泉的宋诗达 60 余首，咏虾蟆碚的有 10 余首。

苏轼到了黄州后，已经远离了那个喝叶家白的圈子，只能在蜀俗白土中再觅茶味。这个时候，饮茶不分美丑，不分俗雅，有茶饮水饱。

有一天，他闲逛到今天黄冈的一处山峰，意外地发现这里有一片茶园。春风暖人，吹在茶园的嫩叶上，那些毛茸茸的茶芽，使劲向苏轼招手，苏轼开心极了，赶紧让儿子招客，指挥大家采的采、制的制，能薅多少就薅多少回家，家里的书柜都空着呢。这种情景下，还管茶好还是不好啊，这炎炎夏日，这漫长的白天，有了茶，才好消消暑毒。

在这样的日子里，苏东坡想到那个归隐田园、北窗高卧的陶渊明，凉风至，就说自己是羲皇上人，过得是真潇洒。陶渊明是苏东坡一直追慕的对象，他曾通过读陶诗获得慰藉。为什么陶渊明对苏轼是重要的，对中国人是重要的？费勇在《作个闲人：苏东坡的治愈主义》里说，在中国历史上，陶渊明的意义在于，他是第一个"生活型"的人物。在陶渊明之前，基本上是"观念型"的人物，儒家的圣人、君子，道家的神仙、隐士，佛家的佛祖、高僧，都是"观念型"的人物。老子、孔子、庄子、许由、伯夷、叔齐、屈原等人，包括后来的惠能、玄奘、朱熹、王阳明、曾国藩等人，也都是"观念型"的人物，他们之所以打动人，是因为他们践行了某种"观念"。在他们身上，"观念"是比生活更重要的东西。陶渊明出现了，带来了比"观念"更丰富的东西——生活。

苏轼把长诗落脚在刘伶处，这个酒鬼、醉鬼、开心鬼，只是因为有爱酒的癖好就被千古传颂吗？答案在苏轼这里是肯定的。为癖好做注解的，自然就是张岱那句："人无癖不可与交，以其无深情也。人无疵不可与交，以其无真气也。"心中没有爱的人，交不得。为人不真诚的人，也交不得。

在制作上，有将团茶印上龙凤花纹的做法。印盘龙者取名为龙团、龙茶、盘龙茶、龙焙等，印凤者取名为凤团或凤饼等，以取悦皇室、向皇帝邀宠，博取龙颜大喜。此举出自丁谓，丁谓此后官至参知政事、枢密使、同中书门下平章事（宰相），与他善于邀宠和讨皇帝欢心不无关系。丁谓还将北苑御茶分为不同的纲目。第一纲为龙焙贡茶，是最早供给皇室的上品。第二纲为龙焙试新，细色茶。第三纲有十多个品名，如龙团胜雪、御苑玉芽、万寿龙芽、上林第一、龙凤英华、无疆寿龙等。在邀宠之外，显然也隐伏着深深的文化含义。后人在此基础上增加内容，给出了一个好听的名号，叫作"细色五纲"。

宋代赵汝砺所著的《北苑别录》中，记载有细色五纲、粗色七纲。细色五纲并列有各纲品名和入贡数，粗色七纲未列品名，仅分纲列入贡数，统称大小龙凤团茶。

细色五纲中的第一纲为"龙焙贡新"，为最早上品，开焙十天就"急驰"入贡到京城；第二纲为"龙焙试新"，欧阳修诗"建安三千里，京师三月尝新茶"，指的就是"贡新""试新"这一类最早入贡的细色茶。第三纲有 16 个品名：龙团胜雪、白茶、御苑新芽、万寿龙芽、上林第一、乙夜清供、承平雅玩、龙凤英华、玉除清赏、启沃承恩、雪英、云叶、蜀葵、金钱、玉华、寸金。第四纲有 13 个品名：龙团胜雪（与第三纲的銙数不同）、无比寿芽、万春银芽、宜年宝玉、玉清庆云、无疆寿龙、玉叶长春、瑞云翔龙、长寿玉圭、兴国岩銙、香口焙銙、上品拣芽、新收拣芽。第五纲有 6 个品名：太平嘉瑞、龙苑报春、南山应瑞、兴国岩拣芽、兴国岩小龙、兴国岩小凤。

哎，怎么说呢，像我这样研究茶文化的，周边有太多做茶的朋友。经常就有人请我帮他们取个茶名，我说好茶名都被宋人取完了，你们拿过来改改就好。无数次经历证明，改宋人的比自己取的强。什么叫茶文化高峰时代？这就是。

◎ 次韵曾仲锡元日见寄

萧索东风[1]两鬓华，年年幡胜[2]剪宫花[3]。

愁闻塞曲吹芦管[4]，喜见春盘得蓼芽[5]。

吾国旧供云泽米[6]，君家新致雪坑茶[7]。

燕南[8]异事真堪纪，三寸黄甘[9]擘永嘉。

---

1 萧索：荒凉，凄凉。晋陶渊明《自祭文》："天寒夜长，风气萧索，鸿雁于征，草木黄落。"

2 幡胜：一种用金银箔纸绢剪裁制作的装饰品，有的形似幡旗，故名幡胜。古代有这种节日习俗，立春日将幡胜戴在头上或系在花下。宋范成大《鞭春微雨》："幡胜丝丝雨，笙歌步步升。"

3 宫花：宫中特制的装饰花。

4 芦管：筚篥，也称管子，属吹管乐器。它的管身多为木制，上面开有八孔，管口插一苇制的哨子而发音。由古代龟兹人发明。唐杜佑《通典》："筚篥，本名悲篥，出于胡中，声悲。"

5 蓼：草本植物，其茎叶味辛辣，可用来调味。

6 苏轼自注："定武斋酒用苏州米。"

7 苏轼自注："近得曾坑茶。"

8 燕南：战国时期的燕国南部地区，即今河北省西部。在宋代，这是宋朝与辽的交界地。宋苏轼《定州到任谢执政启》："燕南赵北，昔称谋帅之难；尺短寸长，今以乏人而授。"

9 三寸黄甘：甘，即"柑"，三寸大的柑子，是珍贵的品种。

诗歌大意

萧索的东风吹着我两鬓的白发，今年的立春还是如同每一年那样，民间照着宫中流传的样式来剪幡胜戴在头上。

我很怕听到芦管吹出的边塞悲音，却喜欢见到春盘里的鲜嫩蓼芽。

我这里有旧供的定武斋酒，还有你新寄来的雪坑茶。

燕南那边的不同寻常之事真值得记下来，这里出产的三寸大的黄柑胜过永嘉的名品蜜柑。

立春吃什么？

曾孝广，字仲锡，北宋名臣曾公亮从子，元丰末年，为北部都水丞。曾孝广送过苏轼茶，还有荔枝，苏轼还写有诗歌《次韵曾仲锡承议食蜜渍生荔支》。

永嘉黄柑就是现在的瓯柑，产于今浙江温州，在唐宋时期被列为贡品。明李时珍《本草纲目·果二·柑》引陈藏器曰："柑有朱柑、黄柑、乳柑、石柑、沙柑。"《新唐书·志三十一·地理五》载："温州永嘉郡，上。高宗上元元年析括州之永嘉、安固置。土贡：布、柑、橘、蔗、蛟革。"《宋史》有"八月壬辰，禁百官避免轮对。甲午，罢温州市黄柑、福州贡荔枝"的记载。当时都城开封街头也有瓯柑出售。清梁章矩《浪迹丛谈续谈》载："永嘉之柑，俗谓之瓯柑。其贩至京师者，则谓之春橘，自唐宋即著名。"

春盘是立春饮食风俗之一，《荆楚岁时记》记载："立春之日，亲朋会宴，喀秦饼、生菜，帖'宜春'二字。"春饼是一种薄面饼。取蔬菜、果品、春饼、糖等置于盘中，取迎新之意，时称"春盘"。东汉崔寔《四民月令》记载："凡立春日，食生菜，不过多，取迎新之意而已。及进浆粥，以导和气。"

在我的书店里，福海茶厂举办过一场立春的茶会，花道老师查安琪为大家准备的材料有春菜、春果，也有春花。葱、

271

姜、蒜、韭菜、折耳根、菜花、萝卜，每一种食材都被赋予了美好寓意。

韭菜有什么深意？韭菜谐音"久财"；菜花谐音"才华"；"生姜"是"不将就"；大蒜是"算无遗策"；折耳根（鱼腥草）这道云南野生菜，被赋予的是"欣欣向荣"；萝卜方言叫菜头，谐音"彩头"。

除了寓意之外，食材的选择也大有讲究。晋人周处《风土记》中说"元日造五辛盘"，"所以发五藏（脏）之气，即大蒜、小蒜、韭菜、芸苔、胡荽是也"。经过一个冬天的沉睡，我们的身体也需要在春天苏醒，所以传统上有吃五辛迎新春之说。

美好，在生活里。

◎ 将之湖州戏赠莘老

餘杭自是山水窟[1]，仄闻[2]吴兴更清绝[3]。

湖中橘林新著霜，溪上苕花[4]正浮雪。

顾渚茶牙白于齿，梅溪[5]木瓜红胜颊。

吴儿脍缕[6]薄欲飞，未去先说馋涎垂。

亦知谢公[7]到郡久，应怪杜牧寻春迟。

鬓丝[8]只可封禅榻，湖亭不用张水嬉[9]。

---

1 山水窟：山水绝佳之处。

2 仄闻：听别人讲。

3 清绝：清雅超绝。唐颜真卿《题谢公塘碑阴》："太保谢公，东晋咸和中，以吴兴山水清远，求典此郡。"

4 苕花：凌霄花。

5 梅溪：在今浙江省安吉县。明徐献忠《吴兴掌故集》："安吉之梅溪，以梅得名。"

6 脍缕：指将生鱼片切得像蝉翼般薄。宋苏轼《春菜》："茵陈甘菊不负渠，脍缕堆盘纤手抹。"

7 谢公：指东晋时期的谢安，他曾任湖州太守。

8 鬓丝：白色的鬓发。

9 水嬉：指水上游戏。其形式很多，如歌舞、竞渡、杂技等。这里用的也是杜牧寻春的典故，杜牧在水上游戏中，相中了一个小女孩。

诗歌大意

本以为杭州就已经是山水绝佳之处，听别人讲吴兴还要清绝一些。

湖州的橘林开了花就像刚下了霜，溪上的苔花恰似飘了一层雪花。

顾渚紫笋的茶芽比牙齿还要白，梅溪产的木瓜红得胜过脸颊。

吴人做的生鱼片太薄，风一吹就要飞走，人还没去到，说着说着就淌口水了。

也知道谢安很久前就到了湖州，要怪就怪杜牧来得太晚。

头发花白的人只能躺在禅床上，也不用在湖中、亭畔张罗什么水上游戏了。

湖州与茶

"杜牧寻春"是一个典故。杜牧初到湖州，相中一个小女孩，与她约十年为期。十四年后，杜牧出任湖州刺史，比预定晚了四年，那女子已嫁人三年了，也有了孩子。杜牧为此作了一首诗："自是寻春去校迟，不须惆怅怨芳时。狂风落尽深红色，绿叶成阴子满枝。"

2023 年 5 月，我去湖州长兴西塞山的陆羽茶文化基地讲学，沿途看到的都是毛竹。第二天起床，推开后门，发现自己居然住在湖边，对面是一座茶山。于是，我很想有一艘小船，摇曳着到茶园，摘几片叶子回来，冷泡在水杯里。

下午给茶人们讲陆羽的《茶经》，内容大都来自我几年前出版的《茶之基本》，讲着讲着就想到了苏轼这首诗，一想到这首诗，想到那些如雪花般的鱼片，就悄悄咽了口水。

晚上吃饭就安排在湖边，没有雪花般的鱼片，但烧烤与啤酒、佳人和佳茗都不缺，虽然比不得杜牧当年的旖旎，但比苏轼还是强一些。

后来去拜谒陆羽墓、皎然塔，再去长兴游览重修的大唐贡茶院，喝一泡顾渚紫笋。再到山里的明月峡里信步观赏，看那些毛竹与紫笋茶共生之地。朋友说，现在毛竹的生意比紫笋要好，所以紫笋被放荒了。但过去，这里都是以茶为生的。

我在顾渚村吃饭时，当地的店家说，家里有种茶的，但每年紫笋发芽的时候，恰好也是农家乐生意最好的时候，根本忙得顾不上去收茶。再说了，他们也都不会制茶技术。这点我相信，她为我泡的紫笋茶，明显炒煳了。

◎ 黄鲁直以诗馈双井茶，次韵为谢

江夏无双[1]种奇茗，汝阴六一夸新书[2]。

磨成不敢付僮仆，自看雪汤生玑珠[3]。

列仙之儒瘠不腴，只有病渴同相如。

明年我欲东南去，画舫何妨宿太湖[4]。

---

1 江夏无双：指东汉名士黄香，就是"二十四孝"中"扇枕温衾"故事的主角。他九岁事亲，少年发奋学习，写得一手好文章，名声传到了京城，时人称赞他"日下无双，江夏黄童"。

2 欧阳修，号六一居士，此时他刚刚写完《归田录》，书里说双井茶为草茶第一。

3 玑珠：珠玑，珍珠般大小的泡泡。宋赵佶《大观茶论》："击拂既力，色泽渐开，珠玑磊落。"

4 唐代督办贡茶的官员，到顾渚后要停留一个月有余，所以他们的船都停在太湖上。

诗歌大意

　　江夏黄香种下的奇茗，被居住在汝州的六一居士欧阳修在新书里好一番夸奖。

　　我在茶碾中磨成茶粉后，根本不敢交给童仆去点，而是亲手点茶成雪，落水成珠。

　　可登仙班的儒士都是清瘦的，但我却是一个胖子，只和写神仙的司马相如一样病渴，但我却是因为爱喝茶。

　　明年我就想到东南去，画舫不妨也停留在太湖之上。

仙人太瘦，我却胖

黄庭坚，字鲁直，北宋著名诗人、书法家，是苏轼的学生，书法成就很高，与苏轼同为宋四家之一。

苏轼在《黄鲁直以诗馈双井茶，次韵为谢》开篇将黄庭坚比作黄香，因为两人都是孝子，也都是年少天才。

黄香是"二十四孝"中"扇枕温衾"故事的主角，九岁丧母后，他日夜为母亲守墓。夏天炎热，黄香用扇子把父亲的枕头、被子扇到凉爽，冬天用自己的身体把被窝捂热，才让父亲入睡。而黄庭坚是"二十四孝"最后一孝"涤亲溺器"的主角，黄庭坚侍奉母亲，每天晚上都亲自为母亲洗涤马桶。

黄香家在江夏，地理位置与黄庭坚家的双井也不算太远，但两人更多的是精神上的契合吧。

黄庭坚送茶的时候，作了一首诗《双井茶送子瞻》，苏轼这首是回应的和韵之作。

人间风日不到处，天上玉堂森宝书。

想见东坡旧居士，挥毫百斛泻明珠。

我家江南摘云腴，落硙霏霏雪不如。

为公唤起黄州梦，独载扁舟向五湖。

黄庭坚在诗里说，在那人间风物到达不了的地方，在那天上读书人待的翰林院里，我看到敬爱的东坡居士在挥毫写作，那文辞就像千斗明珠倾泻而下。刚好我家乡的茶，也来自云雾之间，从茶磨落下的皑皑茶末，连雪花都自叹不如啊。我愿为坡公唤起那黄州的美梦，以一叶扁舟独载先生驶向五湖四海。

还是那年落雪时，我闲翻苏轼文集，寻找某个可能存在的错误。那个时候，便想着春天就可以在茶香四溢中，探究苏轼大有可观的茶世界。不曾想到了厚盖被子的季节，我还在为苏轼诗中的"白土"辗转反侧。

我想，他当年大约也是这样读陶诗的，砍完树回家，发现手心被震得生疼，握笔的手握斧头终究不太顺手，力道也失了分寸。

陶渊明这条路，就好走吗？

黄庭坚夸苏轼是仙人，辞章如千斗珠玉倾泻而下。苏轼也说自己写文章像万斛泉源，在平地滔滔汩汩，虽一日千里无难。

但写文章归写文章，要去践行另外一种生活，还是太难。苏轼幽默地说，仙人清瘦，我却太胖了啊。他也不想买舟，像范蠡那样消失于江湖。

苏轼觉得，如果有大船，就开往太湖好了，满载顾渚紫笋而归。范蠡水路不通，陶潜山路崎岖，苏轼有他的路要走。

我也是现在才发现，名字带虫的入了海，带水的却匍匐在田园。带车辘辘的，自然停歇不下来。在中国历史上，少有像苏轼这样宦游了大半个中国的人。

◎ 书黄道辅《品茶要录》后

　　物有畛[1]而理无方[2]，穷天下之辩，不足以尽一物之理。达者[3]寓物[4]以发其辩[5]，则一物之变，可以尽南山之竹[6]。

　　学者观物之极，而游于物之表，则何求而不得。故轮扁[7]行年[8]七十而老于斫轮，庖丁[9]自技而进乎道，由此其选也[10]。

---

1 畛：界限、范围。

2 方：定例、定规。

3 达者：专家，在某一方面有专长的人。

4 寓物：托物，寄托于物。

5 辩：言论、观点。

6 典出《旧唐书》："罄南山之竹，书罪未穷；决东海之波，流恶难尽。""尽南山之竹"的意思是多得写不完，将南山之竹都做成竹简也写不完。

7 轮扁："轮扁斫轮"是《庄子》中的一个寓言，意在说明得道之人抓住了事物的本质而非外表。

8 行年：年龄。

9 庖丁："庖丁解牛"是《庄子》中的一个寓言。

10 由此其选也：正是其中的代表。语出《礼记·礼运》："今大道既隐，天下为家。……故谋用是作，而兵由此起。禹、汤、文、武、成王、周公，由此其选也。"

黄君道辅讳儒，建安人。博学能文，淡然精深，有道之士也。作《品茶要录》十篇，委曲[11]微妙，皆陆鸿渐以来论茶者所未及。非至静无求，虚中不留，乌能察物之情如此其详哉？

昔张机[12]有精理而韵不能高，故卒为名医。今道辅无所发其辩，而寓之于茶，为世外淡泊之好，此以高韵辅精理者。

予悲其不幸早亡，独此书传于世，故发其篇末云。

---

11 委曲：文学批评术语，形容文辞婉转含蓄。宋姜夔《白石诗说》："雕刻伤气，敷衍露骨。若鄙而不精巧，是不雕刻之过；拙而无委曲，是不敷衍之过。"

12 张机：即张仲景，著有《伤寒杂病论》。

文章大意

物体有界限但理论却没有边际，穷尽天下的言辞，也不能说完一个事物的内在规律。专家借物体来阐发他的言论，那么这一物体的变化，要写下来就要倾尽南山之竹啊。

学者观察物体的极致，而游弋在物体的表面，那么还有什么是做不到的呢？所以轮扁七十岁高龄了还能得心应手地造车轮，庖丁解牛由技术而入道，都是这一类人物的代表。

黄儒，字道辅，福建建安人。博学能文，淡泊名利，学识精深，是位有道之士。他的作品《品茶要录》十篇，文辞委婉曲折，体察物理的微妙之处，是陆羽以来那些论茶的人所未能说到之处。如果不是心性至静、无所欲求，怎么能观察事物到细致入微的地步呢？

当年张仲景观察到了精细的道理但没有高雅的韵致，最后成为了名医。现在道辅没有别的地方阐发他的观点，只能寄托于茶，作为淡泊名利的一点点爱好，这是以其高雅的品位来辅助精微之理。

我为他的不幸早亡感到悲伤，唯独这本书流传于世，于是我写下这段话置于书的末尾聊以纪念。

得于心，应于手

黄儒的《品茶要录》是一本鉴别茶叶好坏的书，苏轼才以"辩"来论说。黄儒说，要是采茶时遇到阴雨天气，茶叶的色泽就会昏暗发黄。太阳大了也不行，茶芽上的水分会蒸发。他还注意到，要是采茶人手上出汗，会"污染"茶质。

黄儒在书里细分茶品，最好的是斗品，其次是亚斗，后面的叫拣芽。茶叶还分白合与盗叶，都是不好的东西。但这毕竟还都是茶叶，还有人用柿子叶这样的东西来冒充茶叶。黄儒教人怎么辨茶的好坏，谈论工艺的得失，分析山场的口感。他是有知识也能将知识形成文字的人，这让苏轼很佩服，我也很佩服。

《品茶要录》是研习宋茶的必读书，我在写《宋茶：风雅与腔调》的时候，把这本书的知识点引用到了每一个章节，真是无处不在的黄儒。

《庄子·天道》里说，世人所推重的道，存于书籍；但书籍比不过语言，语言有其贵重之处——语言所可贵的是意义，意义有自己指向的地方；而意义指向的地方，是不能用语言来传达的，但世人却把语言记录成书。世人虽然珍视书，但庄子却不这么看。

庄子举了一个例子。齐桓公在堂上读书的时候，一位叫扁的轮匠在堂下斫车轮。扁看到齐桓公读得很投入，就放下锥凿走上前来，问桓公说："君上读的是什么书？"桓公说："是圣人之言。"轮扁又问："圣人还活着吗？"桓公说："已经死了。"轮扁说："那君上所读的东西，都是古人的糟粕了。"桓公说："寡人读书，轮人怎能随便议论！有说法还可以，没说法就要处死。"轮扁说："臣是通过自己所做的事情观察到这个道理的。斫车轮，宽了就松滑不坚固，紧了就涩滞而难入。要达到不宽不紧，全靠手上的功夫、心里的体会。虽然嘴里说不出来，而大小分寸却存于其间。可是臣却不能将它告诉臣的儿子，他自然也就不能继承我的本领。所以我七十岁了，还在独自斫轮。古时的人与他所不能传授的真秘都已经消亡了，那么君上所读到的东西，也就是古人的糟粕了！"

苏轼喜欢庄子讲的那些来自经验与直觉的例子，在茶里，他评价南屏谦师为泡茶三昧手，正是由技近乎道的案例而来，得于心，应于手。

第五章
山泉清音

◎ 焦千之求惠山泉诗

兹山¹定空中，乳水²满其腹。

遇隙则发见³，臭味⁴实一族。

浅深各有值⁵，方圆随所蓄。

或为云汹涌，或作线断续。

或鸣空洞中，杂佩⁶间琴筑⁷。

---

1 兹山：这座山，指惠山。

2 乳水：钟乳洞所流的泉水，这是陆羽所推崇的好水。宋梅尧臣《希深惠书言与师鲁永叔子聪几道游嵩因诵而韵之》："石室迢递过，探访仍邂逅。……乳水出其间，涓涓自成溜。"

3 发见：即发现，显现出来。

4 臭味：气味。因同类的东西气味相同，故用以比喻同类的人或事物。《左传·襄公八年》："今譬于草木，寡君在君，君之臭味也。"

5 值：数值，这里指泉水的深度。

6 杂佩：总称连缀在一起的各种佩玉。《诗·郑风·女曰鸡鸣》："知子之来之，杂佩以赠之。"《毛传》曰："杂佩者，珩、璜、琚、瑀、冲牙之类。"

7 琴筑：琴与筑，泛指弦乐器，比喻山间水声。宋苏轼《峡山寺》："石泉解娱客，琴筑鸣空山。"

或流苍石缝，宛转[8]龙鸾蹙[9]。

瓶罂走四海，真伪半相渎[10]。

贵人高宴罢，醉眼乱红绿[11]。

赤泥开方印，紫饼截圆玉。

倾瓯[12]共叹赏，窃语笑僮仆。

岂如泉上僧，盥洒自把掬[13]。

故人怜我病，蒻笼[14]寄新馥。

欠伸北窗下，昼睡美方熟。

精品厌凡泉，愿子致一斛[15]。

---

8 宛转：曲折迂回。

9 蹙（cù）：狭窄，狭小。

10 渎：掺杂。

11 红绿：烛红酒绿。传统的酿造酒，呈黄绿色。宋王安石《欲往净因寄泾州韩持国》："令节想君携绿酒，故情怜我踏黄尘。"宴会后已经是晚上，点起了红烛，烛光会投射到酒杯里，所谓烛红酒绿。

12 倾瓯：整碗一饮而尽，这里说的是酒醉后喝茶醒酒的情况。

13 把掬（yì jū）：捧取。

14 蒻笼：用嫩蒲草编成的笼子。

15 一斛：容量单位，旧时，十升等于一斗，十斗即一百升，等于一斛。

诗歌大意

这座山的中间一定是空心的，肚子里装满了乳泉水。

遇到空隙水就流出来，气味闻起来就知道都来自山中的同一口泉。

泉水的深浅各有数量，是方是圆要随蓄水池而定。

有的像云一般波涛汹涌，有的像丝线一样断断续续。

有的在空洞中流动着发出回音，那声音就像佩戴的玉石相撞发出的声响，也像琴与筑发出的乐音。

有的流转在灰白色的石缝中，像龙凤共舞一样婉转曲折。

惠山泉被装在瓶罂走向四海，泉水便真假相杂。

贵人在盛大的宴会后，醉眼里看不清红烛绿酒。

赤色的泥印一开，紫色的茶饼就像圆玉一样被切断。

饮完茶饽后一同赞叹欣赏，互相私语窃笑在一旁侍候的童仆。

还是不如住在泉边的僧人自在，盥洗打扫用水都是自己去采的惠山泉。

老朋友可怜我生病了，用箬笼寄来新茶。

在北窗下打个呵欠，白天熟睡了一场美觉。

精品茶不能用俗气的泉水泡，希望你寄来一斛惠山泉。

千里送水

焦千之，字伯强，祖籍安徽阜阳。勤奋好学，但科考运不佳。欧阳修在颍州为官时，焦千之拜于其门下，后得到欧阳修多次举荐，从私塾老师逐步走向仕途。熙宁六年（1073）获得进士出身，为国子监直讲，后来到乐青做知县。欧阳修有《送焦千之秀才》一诗，诗里说："焦生独立士，势利不可恐。谁言一身穷，自待九鼎重。有能揭之行，可谓仁者勇。吕侯相家子，德义胜华宠。"

这首诗是苏轼写给焦千之求惠山泉的，而并非焦千之求苏轼写一首惠山泉的诗。无锡的惠山泉，自茶圣陆羽评点以来，牢牢占据天下第二泉的位置，而榜首的名泉，却换来换去，少有固定。

宋代文士泡茶，惠山泉是首选。蔡襄就多次以惠山泉点茶，还写有《即惠山煮茶》。惠山泉还是文士互赠的珍品，蔡襄为欧阳修《集古录》写序，欧阳修回报的礼品里，有大小龙团茶，还有惠山泉。在无锡的官员，也会给那些文雅之士寄惠山泉，蔡襄就接受过葛公绰寄来的惠山泉。

欧阳修与蔡襄既是好友，又同是苏轼殿试时的主考官，对苏轼的仕途与文章影响很大。而单说他们对茶与水的审美，也影响了那个时代，苏轼也不例外。惠山泉此后又通过苏轼等人的倡导，成为一种饮茶范式。苏轼有诗作《惠山谒钱道人，烹小龙团，登绝顶，望太湖》，里面有名句"独携天上小团月，来试人间第二泉"。

宋代诗人之间千里运惠泉传为佳话，但如果时间是唐代，可能就要背上恶名。唐代诗人皮日休在《题惠山泉》里，把千里运惠山泉与千里运荔枝相提并论，觉得这些个癖好，真是作孽。"丞相长思煮茗时，郡侯催发只忧迟。吴关去国三千里，莫笑杨妃爱荔枝。"长安的丞相大人要喝茶，用的水却是千里之外的惠山泉，这可苦了沿途的官吏，把沿途的驿站都动用起来，因而产生了一个专有名词，叫"水递"。

这位爱用惠山泉的丞相，是晚唐著名的李党领袖李德裕。李德裕家族出诗人，还出茶人，据说他的祖父李栖筠担任常州太守的时候，还与陆羽一起切磋过茶艺。

李德裕的水递故事，后世有不少人附会到了苏轼身上，其中一个故事说，苏轼为了喝到真惠山泉，还发明了调水符。苏轼一生，哪有过李德裕那么大的权力？

苏轼在诗里描述了一种常态，就是好东西一旦经手的人多了就半真半假，所以才出现了那么多的品水专家。苏轼也吐槽了好东西遭到冷遇，在灯红酒绿的宴会中，再好的惠山泉也不过是醒酒的漱口水而已。只有一个人熟睡醒来，没了那么世俗的迎来送往，没有喋喋不休的喧闹，才能细品出名山名泉的非凡之处。

我到惠山朝拜二泉的时候，先是被山惊到了——这山委实太矮了些。我是云南人，对山的印象，是以海拔高为标准的。陪我前往的武频圆，都不记得自己第几次来了。他是无锡人，自幼就被带到这里接受教育，二泉在他心中有神圣的地位。我灌满了随身携带的一个饮料瓶，后悔没带一个更大的。频圆安慰我，下次我们一定要在二泉边再现一场宋式雅集。

围绕着二泉，周边兴起了非常多的景观，最著名的是寄畅园。我们跟在金石声老师身后，他说停，我们便停下来，他说看，我们便仰着脖子看。他说站，我们都先后站到同一处，他一步三回头，我们便一步三回头。观树，看塔，听水，戏影……

每个地方都会有一个人深爱着那里，他知道雨什么时候来，风能摇动哪一棵树，云停歇在何处，荷叶什么时候泻露，鱼什么时候跳水，知道这个地方的美如何呈现。

你要找到这样的人，才能与风畅游，与云卧谈，与水相望。

后来，我们一行人又去了雪浪风景区，在八德龙潭前，用龙潭水泡了一壶雪浪茶，这才在细雨中离开。

等我回到昆明的时候，先后收到了朋友寄来的"二泉吟"泡茶水。

从无锡到昆明有五千里。

◎ 惠山谒钱道人，烹小龙团，登绝顶，望太湖

踏遍江南南岸山[1]，逢山未免更流连[2]。

独携天上小团月，来试人间第二泉。

石路萦回[3]九龙脊[4]，水光翻动五湖天。

孙登[5]无语空归去，半岭松声万壑传。

---

1 江南南岸：泛指今苏州、无锡、常州、镇江等地。历史上的江南包括了现在的江苏、安徽南部、浙江北部。现在的江南，更多是江浙一带。"江南南岸"多次出现在苏轼诗词中，如《南歌子·见说东园好》："行尽江南南岸，此淹留。"

2 流连：留恋不舍地徘徊停留。

3 萦回：也作"潆洄"，回旋环绕。

4 九龙脊：惠山有九峰（陇），所以也被称为九龙山。唐陆羽《游慧山寺记》："慧山，古华山也。……在吴城西北一百里。……其山有九陇，俗谓之'九陇山'。或云'九龙'者，言山陇之形若苍虬缥螭之合沓然。"

5 孙登：魏晋隐士，阮籍和嵇康都曾求教于他。

诗歌大意

　　走遍了江南南岸的诸多山峰，遇到惠山难免更加留恋不舍。

　　特意带着皇家御赐的小龙团，来试试这人间的第二泉。

　　漫步在石路上就像回旋环绕着九龙山的脊背在走，登顶后看着远方的太湖五光十色。

　　隐士孙登什么也不答，拜访的人只好失望归去，走到半路却听到松涛已经传遍了千沟万壑。

人间第二泉

钱道人是钱颢的弟弟。钱颢，字安道，无锡人。苏轼为钱颢写过两首诗，《钱安道席上令歌者道服》与《和钱安道寄惠建茶》。

朱光潜在《咬文嚼字》里从美学的角度解读"独携天上小团月，来试人间第二泉"，他认为"天上小团月"是由宋代贡茶"小龙团"茶联想出来的，但如果不知道这个关联，原文就读不通；如果不了解明月照着清茶泡在泉水里那一点共同的清沁肺腑的意味，也就错失了原文的妙处。这两句诗的妙处就在不即不离、若隐若现之中。它比"用惠山泉水泡小龙团茶"一句大白话来得更丰富，也来得更含混蕴藉。难处就在于含混中显得丰富。由"独携小龙团，来试惠山泉"变成"独携天上小团月，来试人间第二泉"，这是点铁成金。文学之所以为文学，就在这一点生发里面。

对茶人来说，千里运泉水来品茶，以及自带茶到千里之外寻好水品饮，都是一种巅峰体验。在茶与水的相遇、烹煮与品饮之间，实现茶人的自我。茶人之所以为茶人，就在于对茶、水、器的孜孜以求。

为什么说小龙团茶是天上的呢？因为皇家独享，只有能臣近臣才有机会获得。欧阳修获赐一饼，开心坏了，常在无人时自赏。苏东坡苦尽甘来，也获得过小龙团的赏赐。宋哲宗派人到杭州秘密赐茶给苏轼，这个典故第一章里写过。

好在惠山泉是在人间的，还可以成为文人迎来送往的礼品，继续滋养他们的文气。苏轼用惠山泉点小龙团，茶香千古萦回。

《晋书》里说孙登好读《周易》，好弹古琴，隐居在深山里。嵇康慕名去找他，一待就是三年，所问皆无答。嵇康要走的时候，孙登说："子才多识寡，难乎免于今之世矣！"后来嵇康果然被司马昭杀了。魏晋另一位大名士阮籍也去拜访过孙登，孙登同样问而不答，唯有笑声。阮籍善长啸，在孙登面前露了一手。他辞别下山时，行至半岭，忽闻松风回荡，有啸声如凤鸣，响彻天地，那是孙登的啸声。阮籍回家后，很感慨地写了《大人先生传》。

苏轼登惠山，松涛响遍千沟万壑，大人先生亦在此。

◎ 元翰少卿宠惠谷帘水一器、龙团二枚，仍以新诗为贶，叹味不已，次韵奉和

岩垂匹练[1]千丝落，雷起双龙[2]万物春。
此水此茶俱第一，共成三绝景中人。

---

1 匹练：成匹的长幅白绢，比喻瀑布、江水、光柱等。

2 双龙：闻一多在《伏羲考》里说，古代说龙，常言二龙，二龙相交，雷电晦冥。云从龙，龙能呼风唤雨。元吴澄《月令七十二候集解》："二月节……万物出乎震，震为雷，故曰惊蛰，是蛰虫惊而出走矣。"惊蛰又叫启蛰，过去为二十四节气的第一个节气，象征着春天开始，万物复苏。

诗歌大意

谷帘泉水就像成匹的白绢千丝万缕地往下落，水落之声如二龙相交时的惊雷声，万物都在春天复苏。

这样的泉水、这样的茶都是世间第一等，再加上我们，这就是品茶三绝啊，我们都是景中人。

人间三绝

这是苏轼写给鲁有开的信，全文为："某启：元翰少卿，宠惠谷帘一器、龙团二枚，仍以新诗为贶，叹味不已，次韵奉和：'岩垂匹练千丝落，雷起双龙万物春。此水此茶俱第一，共成三绝景中人。'通前共三篇矣，可与一碗豉汤吃。呵呵！"

鲁有开，亳州谯县人，字元翰。宋仁宗皇祐五年（1053）进士，品行为富弼所赞赏。因反对王安石变法，出京为杭州通判，与同为杭州通判的苏轼是僚友，两人关系很好，苏轼说他们关系"情好均弟昆"，苏轼有《送鲁元翰少卿知卫州》："谁人肯携酒，共醉榆柳村。髯卿独何者，一月三到门。我不往拜之，髯来意弥敦。"

这首诗第一句写的是康王谷帘泉，是茶圣陆羽评出的天下第一泉。"岩垂匹练千丝落"，有李白"疑是银河落九天"之意，宋人王禹偁也说谷帘泉"泻从千仞石"。在宋代咏茶诗中，谷帘泉是仅次于惠山泉的存在。王阮在《龟父国宾二周丈同游谷帘》里说"怪得坐间无俗语，谷帘泉水建茶瓯"；张辑《次汤制干寄三叠泉韵》云"诗于水品进三叠，名与谷帘真两全"；释德洪《任价玉馆东园十题之四·第一轩》云"坐客定无双，试茶谷帘绿"。这些咏泉诗，大部分都是为了与茶相衬托，反之亦然，看到好泉，也会想到好茶。

也有人不信，要实地考察。

魏了翁在《丙申携客自康王观东北行十里观谷帘泉》里说，山泉称第一就让人疑心四起，一定要亲自去看看，结果有些失望："笋将轧轧度岩隈，乱洞穿空去复回。方识人间真毁誉，只缘亲到地头来。"

苏轼到过庐山，有名句"不识庐山真面目，只缘身在此山中"千古流传，但没有他去考察谷帘泉的记载。在《西江月·龙焙今年绝品》那首送歌伎胜之的词里，苏轼再次写到谷帘泉，"龙焙今年绝品，谷帘自古珍泉"，说的还是两绝品：茶与水。

南宋李纲有《谷帘泉》一诗，诗中有许多描写，让那些到不了实地的人，借以消消渴。

> 甘泉多自名山出，世品谷帘为第一。
> 淄渑之水不易辨，臆说讵敢评得失。
> 庐山深处为谷帘，度岭穿云费时日。
> 道人裹饭时一到，敲火烹茶资野逸。
> 坐令仆隶致瓶罂，是非诚否良难诘。
> 世间知味定何人，食蔗多谓甜于蜜。
> 居然真伪相混淆，往往循名因去实。
> 何似家山陆子泉，石缝迸出苍龙渊。
> 山中空洞乳满腹，一派下作梁溪源。

清甘著舌久不散，持以瀹茗增芳妍。

华堂石凳与覆护，好事汲取肩相骈。

有时置酒饮其上，醉涤肺腑尘烦蠲。

缄题寄远无伪者，贵贱均饮初不偏。

彼如幽人在空谷，此若佳客临风前。

未须细较味优劣，且问所处谁为贤。

  苏东坡这首诗第二句说鲁开有所送之茶，是春天的第一纲小龙团，那是当世最好的茶。接着便说，有了最好的水，最好的茶，加上最好的人，就是三绝啊。胡仔从苏轼、欧阳修那里总结出宋茶三不点，是宋茶审美的境界：茶不好不点，水不好不点，人不好不点。苏轼说点茶，用了"三绝"，恰好是三不点的反面，茶好水好人好，遂成三绝。

◎ 汲江煎茶

活水 [1] 还须活火 [2] 烹，自临钓石取深清 [3]。

大瓢贮月 [4] 归春瓮，小杓分江入夜瓶。

雪乳已翻煎处脚，松风忽作泻时声。

枯肠未易禁三碗 [5]，坐听荒城长短更。

---

1 活水：流动的水，区别于死水。

2 活火：带着火焰的火。

3 深清：又深又清的水。

4 贮月：月亮投射到大瓢上。说明品茶的时间是晚上。

5 典出唐卢仝《走笔谢孟谏议寄新茶》："一碗喉吻润，两碗破孤闷。三碗搜枯肠，惟有文字五千卷。"

诗歌大意

活水还是需要用带火焰的柴火来烹煮，亲自到江边来打江心处的江水。

大瓢里的水倒映着月亮倒入了大瓮里，小勺舀的水倒进了夜瓶。

江水像雪花一般在锅里翻滚，烧水声像松涛声一阵一阵。

喝到三碗的时候诗意还是没有来，只好坐在那里听一听荒城的打更声。

苏轼的水功夫

杨万里在《诚斋诗话》中，介绍了几种诗句，有的五个字有两重含义，有的七个字有三重含义，苏轼的这首《汲江煎茶》里，"自临钓石汲深清"，仅仅七个字，杨万里读出了五个含义。

这五意为：水清，一也；深处清，二也；石下之水，非有泥土，三也；石乃钓石，非寻常之石，四也；东坡自汲，非遣卒奴，五也。

当然，后世也有人觉得杨万里解读得太过了，过于琐碎就失了苏轼的那种洒脱。

春天的夜晚，要喝茶，便来到江边打水。天上有月亮照着，月映万川，江天一色，人到哪里，月亮便跟着人到哪里，看江，月在江里；舀水，月便在瓢里；点茶，月便在茶里，随之下肚，月色溶溶，便是如此了，逃不掉的月光。三碗茶下肚，写作的灵感没来，打更声却长长短短地来了。逃不掉那无边的寂寞，在天涯海角，独居无友，漫长的夜晚，只有打更声做伴。

这一年，苏轼被贬到遥远的儋州，举目无亲、无友、无故人。他能做什么呢？

临江，汲水，玩月，煎茶，听更。

苏轼亲自打水这件事，给后世留足了创作灵感。明代冯梦龙在《警世通言》里讲了一个"王安石三难苏学士"的打水故事，非常好看。

王安石因为身染陈疾，觅得一个偏方，需要用三峡之中的中峡巫峡之水，恰逢此时苏轼回京要路过三峡，便托他捎带一些。

可是在途经三峡之时，苏轼流连两岸美景，想着构思文章，竟然把王安石的托水之事忘得干干净净，等想起来，船只早已过了巫峡，到了下峡西陵峡了。

怎么办呢？

逆水行舟要数日之久，岸边老者告诉苏轼，三峡之水相连，并无阻隔，都是一样的水，何须分辨？苏东坡于是便取了下峡水，带回去交差。

王安石却是个固执之人，用了苏轼所带之水之后，逼问他道："你怎么又来欺骗老夫，这是下峡之水，如何假装中峡的？"苏东坡吓了一大跳，说自己误信于人，以为三峡水都一样。王安石便讲，这上峡水性太急，下峡太缓，唯中峡缓急相半。王安石的病是中脘变症，需要用中峡水引经。用水烹阳羡茶，上峡水味浓，下峡水味淡，中峡水浓淡之间。今见茶色半晌方见，故知是下峡。

东坡听完，离席谢罪。

苏轼其实很懂水的。他在《书卓锡泉》里说："予顷自汴入淮，泛江溯峡归蜀。饮江淮水盖弥年，既至，觉井水腥涩，百馀日然后安之，以此知江水之甘于井也审矣。今来岭外，自扬子始饮江水，及至南康，江益清驶，水益甘，则又知南江贤于北江也。近度岭入清远峡，水色如碧玉，味益胜。今游罗浮，酌泰禅师锡杖泉，则清远峡水又在其下矣。岭外惟惠人喜斗茶，此水不虚出也。"

◎ **虾蟆培**

蟆背似覆盂[1]，蟆颐[2]如偃月[3]。
谓是月中蟆，开口吐月液。
根源来甚远，百尺苍崖裂。
当时龙破山，此水随龙出。
入江江水浊，犹作深碧色。
禀受[4]苦[5]洁清，独与凡水隔。
岂惟煮茶好，酿酒应无敌。

---

1 覆盂：倒置的盂。

2 颐：下巴。

3 偃月：横卧形的半月。《太平御览》："正月有偃月，必有嘉主。"

4 禀受：所承受的自然的体性或气质。《淮南子·修务训》："各有其自然之势，无禀受于外。"

5 苦：很，表示程度。

诗歌大意

虾蟆碚就像一个倒过来的水盂，虾蟆下巴宛如半月。

这应该就是月亮中的蛤蟆吧，口中吐出来的都是月亮的汁液。

泉水的源头有些远呐，在百尺苍崖断裂的地方。

当年龙破山而出，这泉水就跟随龙流淌至此。

水流到浑浊的江水中，还是那般深碧色。

出自天然，水味非常清洁，与一般的泉水有深刻的区别。

不只是用来煮茶好啊，以此泉水酿酒也应该是无敌天下。

唯有饮者留其名

受陆羽与张又新《水品》排行榜的影响，宋诗中，咏叹惠山泉的有 60 余首，咏谷帘泉的有 20 余首，咏叹虾蟆碚的有 10 余首。

虾蟆碚不仅苏轼写过，他的老师欧阳修也写过，他的学生黄庭坚同样写过。此外，宋代诗人王十朋、李石、李复、陆游都曾写过。

苏轼写《虾蟆培》的时间，是嘉祐四年（1059）十月。苏母病故，苏轼兄弟回老家眉州丁忧三年期满，在老父苏洵的带领下，父子三人偕家眷返京，再度乘船游览三峡，写了相当多的诗篇。

即便是没有欧阳修的《虾蟆碚》珠玉在前，苏轼这首《虾蟆培》也算不上杰作。

景祐三年（1036），30 岁的欧阳修被贬到夷陵（宜昌）当县令，一年后娶了老婆，在夷陵游山玩水，留下许多诗篇。他在《集古录跋尾》说起这段岁月，寄情山水，对饮才子，好不快乐。"贬夷陵令时，尝泛舟黄牛峡，至其祠下，又饮虾蟆碚水，览其江山巉绝穷僻，独恨不得见巫山之奇秀，每读数子之诗，爱其辞翰，遂录之。"

欧阳修的《虾蟆碚》绘声绘色，苦于时值早春，茶芽未发，没能以此泉水佐新茗。

石溜吐阴崖，泉声满空谷。

能邀弄泉客，系舸留岩腹。

阴精分月窟，水味标茶录。

共约试春芽，枪旗几时绿？

这与苏轼过宜昌看到的差不多。都说这地方水好，能泡出好茶。

跟随他们而来的诗人，不满足于在远处惊鸿一瞥，决定上岸一探究竟。

绍圣二年（1095）初，黄庭坚被贬为涪州别驾，黔州安置。过三峡时，黄庭坚来到虾蟆口，顺着他纪录片式的镜头，我们从江上来到蛤蟆口内部："从舟中望之，颐项口吻，甚类虾蟆。寻泉源入洞中，石气清寒，泉出，石骨若虬龙。水流循虾蟆背，垂鼻口间，乃入江。"

苏轼以为水源很远，其实近在咫尺。

欧阳修以为虾蟆碚是瀑布水，但其实它是山泉水中最上等的石乳水。所谓瀑布泉，就是上游有很多水源，来源复杂。在《大明水记》中，欧阳修批评陆羽与张又新品水粗糙，像虾蟆碚这种瀑布水怎么能排第四？

但欧阳修错了，他只是远观而未深入调查水源，也遭到了后世的批评。

陆游畅游三峡，有点沿着欧阳修走过的路再走一遍的意思。

无意中，陆游也再次证明了虾蟆碚是山泉水而不是瀑布水。

陆游在《入蜀记》里写道："登虾蟆碚，《水品》所载第四泉是也。虾蟆在山麓，临江，头、鼻、吻、颔绝类，而背脊疱处尤逼真。造物之巧，有如此者。自背上深入，得一洞穴，石色绿润，泉泠泠有声，自洞出，垂虾蟆口鼻间，成水帘，入江。是日极寒，岩岭有积雪，而洞口温然如春。"

范成大在《吴船录》中，也追随诸位先贤而来。在虾蟆碚，他写道："黄牛峡尽则扇子峡，虾蟆碚在南壁，半山有石挺出，如大蟆，呿吻向江。泉出蟆背山窦中，漫流背上，散下蟆吻，垂颐颔间如水帘，以下于江。时水方涨，蟆去江面才丈馀，闻水落时，下更有小矶承之。张又新《水品》亦录此泉。蜀士赴廷对，或挹取以为砚水。过此，则峡中滩尽矣。"

只是这个时候，建在夷陵的欧阳修祠堂已圮坏，唯余江水滔滔。

但范成大又从另一个方面证明了欧阳修观察无误，范成大看到的虾蟆碚，确实也如瀑布一般。

苏轼对虾蟆碚的印象，自然不只是停留在《虾蟆培》一首诗里。在长诗《寄周安孺茶》里，他还拿虾蟆碚与其他泉水比较，说就这里水好，自己亲自考察过不说，走的时候还装了一瓶。

当然，我是怀疑的，中年的苏轼有拔高自己的品位之嫌。

23 岁的苏轼，还没有进入到大宋核心的品茶审美圈子。

南宋王十朋写有一首《虾蟆碚水》，说虾蟆碚名气大啊，不管远不远，煎茶的人都要来取一瓶。

虾蟆好居水，背水以自濡。

不知背上味，乃与众水殊。

品第高水经，煎茶必来须。

争汲以致远，不惮险且迂。

我亦走瓶罂，一瓯瀹云腴。

所恨太遐僻，亲朋莫能呼。

巨蛙如有灵，曷不上天衢。

以水为雨露，助天泽寰区。

坎视峡中小，笑渠子阳愚。

南宋诗人李石的《虾蟆碚》写得实在是太有趣了，他说这虾蟆就是月宫中嫦娥豢养的那只，被谪贬下凡落到三峡，现在骑着它，还能返回月宫。我读了忍不住分享：

水晶宫中玉虾蟆，多年栖息嫦娥家。忍饥不及一夜啖明月，天帝怒尔谪下三峡脚手犹爬沙。婪酣大肚饱清气，但见琼流珠液百尺垂唅呀。峡人只作泉水看，不知元和漱咽犹是月之华。从来至味不可说，陆羽只作第四夸。可怜提瓶肥羜子，强饮百斛莫救肝胆邪。我闻老蟾之酥乃仙药，能使风草化作黄金芽。何如闭口自润泽，换尔丑质生角牙。会当骑尔却上月宫去，下看桑海渺渺凌苍霞。

◎ 安平泉

策杖徐徐步此山，拨云寻径兴飘然。
凿开海眼 [1] 知何代，种出菱花不计年。
烹茗僧夸瓯泛雪，炼丹人化骨成仙。
当年陆羽空收拾，遗却安平一片泉。

---

1 海眼：泉眼。唐杜甫《石笋行》："君不见益州城西门，陌上石笋双高蹲。
古来相传是海眼，苔藓蚀尽波涛痕。"

诗歌大意

拄着行山杖，慢慢登临平山，拨开云雾找到小路，心里那个高兴啊。

也不知是哪个年代凿开的泉眼，多少年来种出了不知多少菱花。

用这泉水煮茶的和尚说冲出的沫饽像雪花，炼丹的人认为饮用了此泉能化骨成仙。

当年陆羽点评天下名泉，还是遗漏了这一处安平泉啊。

饮水不忘挖井人

　　安平泉在今天杭州市临平区,临平是交通要道,苏轼抵达与离开杭州时,曾多次来过。

　　《咸淳临安志》卷三十八《山川十七·泉·城外》:"安平泉,在仁和安仁西乡安隐院(原注:旧名安平院)。有池名安平泉。今池边有亭。"《咸淳临安志》卷八十一《寺观七·自嘉会门沿江至城东汤镇上塘·安隐院》:"在临平山之南。清泰元年,吴越王建。旧名安平。……地生曲竹,僧多取以为杖。故老相传,唐丘隐士丹成羽化,植杖于此,其竹皆曲。竹间有丹井,井旁有池,名安平泉,极甘洌。"

　　想必苏轼当年,也是取了一支曲竹杖,登山时自带仙风。

　　清代查为仁在《莲坡诗话》里讲这首《安平泉》并未出现在清之前的苏轼文集里,是清初诗人查慎行在注疏苏诗的时候,才以"补遗"的方式收到了苏轼集中。另一位为苏轼编诗集、做注疏的清人王文诰认可了查慎行的做法,他补充说,《安平泉》的诗歌气息,确为苏轼所有。

　　接着王文诰又讲了苏轼在杭州的事功,即修复六井,为了证明苏轼来过临平,王文诰操碎了心。"当日杭城犹苦斥卤,故有修复六井之事。而公之讲求亦甚,至若此泉不胫而走者三十馀里,日以舟楫遍给城市,公岂独不知之?况汤村、临平接壤，而汤村出口即安平寺。此路运河皆公所开，其督役时，不饮此泉，将焉取乎？外收之诗，不易入集，独此诗无可致疑。"

当年，苏轼修复杭州六井的建设，让他成为水利名人。

杭州城太靠海，地下水苦咸，百姓饮水极为不便。为了方便饮水，唐代就开始了淡水工程，唐大历年间（766—779），杭州刺史李泌建了六处蓄水池，名为六井，引西湖淡水入井，解决城内居民饮水问题。北宋熙宁四年（1071），苏轼任杭州通判时，六井已经荒废，百姓吃水困难。苏轼便协助太守陈襄通过挖沟渠、换井壁、补漏洞、疏通改造等方式，把唐六井恢复得七七八八。

十八年后，元祐四年（1089），苏轼再临杭州，出任杭州知州，却发现当年他参与修浚的六井又荒废了。苏轼详细调查后，发现一方面是因为淤泥堵塞，淡水源供给不足；另一方面是因为当年用竹子做水管，太容易被腐蚀，后期更换与维护成本很高。于是苏轼用瓦筒取代竹管，外加石槽保护，并新开了水井。

王文诰为《安平泉》作注时说："此泉在寺前石壁下，宽仅数尺，而日以舟楫走城市，凡恃此以饮者日数十万人，而泉无长落，固自若也。唐人品泉，其说不皆出于陆羽。今按其地以求之，则鞠废而荒秽者，十居其五，又不若此泉之悠久而博施也。彼陆羽之收拾，尚奚取哉。诰既补编此诗，并记于后。"

第六章
苏轼茶诗词摘句

饮非其人茶有语，闭门独啜心有愧。(《诗二句》)

客来茶罢空无有，卢橘杨梅尚带酸。(《赠惠山僧惠表》)

雪后独来栽柳处，竹间行复采茶时。(《徐君猷挽词》)

已飞青盖在河梁，定饷黄封兼赐茗。(《召还至都门先寄子由》)

门前商贾负椒荈，山后咫尺连巴蜀。(《二十七日，自阳平至斜谷，宿于南山中蟠龙寺》)

茶枪烧后有，麦浪水前空。(《新年五首·其四》)

上尊日日泻黄封，赐茗时时开小凤。(《用前韵答西掖诸公见和》)

仍须烦素手，自点叶家白。(《岐亭五首·其三》)

更续《茶经》校奇品，山瓢留待羽仙尝。(《虎跑泉》)

不愧惠山味，但无陆子贤。(《杜沂游武昌，以酴醾花菩萨泉见饷二首·其二》)

为予置齿颊，岂不贤酒茗？(《紫团参寄王定国》)

永怀茶山下，携妓修春贡。(《次韵李公择梅花》)

仙葩发茗碗，剪刻分葵蓼。(《赠杜介》)

同烹贡茗雪，一洗瘴茅秋。(《虔守霍大夫、监郡许朝奉见

321

和，复次前韵》)

上尊初破早朝寒，茗碗仍沾讲舌干。(《轼以去岁春夏，侍立迩英，而秋冬之交，子由相继入。次韵绝句四首，各述所怀·其二》)

君不见武夷溪边粟粒芽，前丁后蔡相笼加。争新买宠各出意，今年斗品充官茶。(《荔支叹》)

西檐新来玉宇风，侍臣茗碗得雍容。(《端午帖子词，皇帝阁六首·其四》)

今岁花时深院，尽日东风，荡飏茶烟。(《雨中花》)

已改煎茶火，犹调入粥饧。使君高会有馀清。此乐无声无味、最难名。(《南歌子·晚春》)

馀姚古县亦何有，龙井白泉甘胜乳。千金买断顾渚春，似与越人降日注。(《送刘寺丞赴馀姚》)

更将西庵茶，劝我洗江瘴。(《杭州故人信至齐安》)

恰似饮茶甘苦杂，不如食蜜中边甜。(《安州老人食蜜歌》)

南池绿钱生，北岭紫笋长。(《和陶归园田居六首·其二》)

觉来烹石泉，紫笋发轻乳。(《宿临安净土寺》)

尝茶看画亦不恶，问法求诗了无碍。(《龟山辩才师》)

春浓睡足午窗明，想见新茶如泼乳。(《越州张中舍寿乐堂》)

茶笋尽禅味，松杉真法音。(《参寥上人初得智果院，会者十六人，分韵赋诗，轼得心字》)

玉粉旋烹茶乳，金齑新捣橙香。(《十拍子·暮秋》)

毗陵高山锡为骨，陆子遗味泉冰齿。(《至秀州，赠钱端公安道，并寄其弟惠山老》)

病眼不羞云母乱，鬓丝强理茶烟中。(《安国寺寻春》)

花雨檐前乱，茶烟竹下孤。(《雨中邀李范庵过天竺寺作·其一》)

银瓶泻油浮蚁酒，紫碗铺粟盘龙茶。(《兴龙节侍宴，前一日微雪，与子由同访王定国，小饮清虚堂。定国出数诗，皆佳，而五言尤奇。子由又言昔与孙巨源同过定国，感念存殁，悲叹久之。夜归，稍醒，各赋一篇。明日朝中，以示定国也》)

衣染炉烟金漏迥，茶烹石鼎玉蟾留。(《宿资福院》)

有客远方来，酌我一杯茗。我醉方不啜，强啜忽复醒。(《饮酒四首·其一》)

黄橡出旧栎，紫茗抽新畬。(《和陶和刘柴桑》)

偶为老僧煎茗粥，自携修绠汲清泉。(《绝句三首·其二》)

焚香引幽步，酌茗开净筵。(《端午遍游诸寺得禅字》)

簿书鞭扑昼填委，煮茗烧栗宜宵征。(《次韵僧潜见赠》)

响松风于蟹眼，浮雪花于兔毫。先生一笑而起，渺海阔而天高。(《老饕赋》)

沐罢巾冠快晚凉，睡馀齿颊带茶香。(《留别金山宝觉、圆通二长老》)

上人问我迟留意，待赐头纲八饼茶。(《七年九月，自广陵

召还，复馆于浴室东堂。八年六月，乞会稽，将去，汶公乞诗，乃复用前韵三首·其一》)

却思三十年前味，未饭钟时已饭茶。(《元祐六年六月，自杭州召还，汶公馆我于东堂，阅旧诗卷，次诸公韵三首·其一》)

雍容已餍天庖赐，俯伏初尝贡茗新。(《次韵曾子开从驾二首·其一》)

病贪赐茗浮铜叶，老怯香泉滟宝樽。(《次韵蒋颖叔钱穆父从驾景灵宫二首·其二》)

明窗倾紫盏，色味两奇绝。(《游惠山》)

后记　以茶的方式看苏轼

第一次集中读苏轼文章，是在高中时候，买了一本岳麓书社出版的《唐宋八大家文》，后来又买了一本人民文学出版社的《苏轼选集》。到云南大学后，念中文系，在漫长的文学史里读到苏轼，早已头昏眼花，不那么震撼了。

真正令我吃惊的是，去昆明的迪高厅玩耍，在迷离的灯光中，苏轼的《念奴娇·赤壁怀古》居然是整个舞厅的背景。那是我第一次觉得，之前可能从来没有读懂过苏轼，他要是在现场，会不会也与我们一样，是位穿着古怪、摇头扭腰的酷男？

那个时候，普遍的阅读趣味是佩索阿，是苏珊·桑格塔，是卡尔维诺，阅读风潮中还有弗朗西斯·福山、爱德华·萨义德、萨缪尔·亨廷顿……即便是在中文系，也少有人读古典，即便是读，也是阅读一下斯蒂芬·欧文（宇文所安）的几本唐诗著作。我在中文系念书那几年，读了大量的翻译体，忽然有一天，读到黄灿然的《在两大传统的阴影下》，才惊醒过来。

如何看待古典传统？以什么样的方式进入？在云南写旅游

书，游山玩水相当于工作，吃吃喝喝之间，自己爽了不说，还带爽了别人。在不到六年的时间里，我参与写下了几十本山水游记。云南拥有来自古典的一切，山是山的样子，水有水的样子。每一位到访者，都会找到自己在古典中留下的残影。

我写过的那些旅游书，大部分都写到了茶，因为茶是云南的一个土特产。为了写好这个土特产，我不得不翻阅大量典籍，令人沮丧的是，普洱茶并没有浇灌出一块丰厚的文化土壤，这里从未成长出一位大才子。

我把那些从陆羽、苏轼处借来的文辞，悄悄播撒在云南大山之中，企图改变其土地的面貌，让它与雅文化更近一些。就像苏轼当年，既接受欧阳修圈子里的点茶，又把西蜀饮法带了进去。

很长一段时间里，普洱茶发展的经历也是我的经历。我因为书写普洱茶而从一个记者变成一个茶记者，从一个作家变成茶作家，从一个学者变成一个茶学者。我以茶看待世界的方式，慢慢有了一些读者，有了一些回响。

这个时候，我的书架上苏轼的书足足有百余本。是的，我对自己说，是时候从茶的角度看看苏轼了，也趁机回顾下自己的往来。

与喝茶时候的热气腾腾相比，研究茶文化显得非常孤寂。没有学科，没有行业归属，图书馆里借不到相关的书，书店里也买不到需要的书。于是我便着手自建一个茶文化图书馆，一本本买下来，日复一日，到现在已经有近五千册茶书。我把自己的签名改为：画地为牢、坐井观天与一孔之见。

这是茶的世界，也是茶的"偏见"。

本书撰写过程中，多次向李阳泉、蔡定益、涂睿明、范俊雯、徐志高、雷力、赵慧成、观合、罗芳、洁玲、黄露仪、杨多杰等诸君请教，感激不尽。

周重林

2023 年 10 月 7 日星期六

图书在版编目（CIP）数据

和苏东坡吃茶 / 周重林著. -- 长沙：湖南美术出
版社，2024.6
ISBN 978-7-5746-0417-9

Ⅰ.①和⋯　Ⅱ.①周⋯　Ⅲ.①苏轼（1037-1101）
-文学欣赏-通俗读物　Ⅳ.①I206.2-49

中国国家版本馆CIP数据核字（2024）第077428号

和苏东坡吃茶

HE SU DONGPO CHI CHA

周重林　著

出　版　人　黄　啸
出　品　人　陈　垦
出　品　方　中南出版传媒集团股份有限公司
　　　　　　上海浦睿文化传播有限公司
　　　　　　（上海市静安区万航渡路888号15层A座　邮编200042）
责　任　编　辑　王管坤
装　帧　设　计　张王珏
责　任　印　制　王　磊
出　版　发　行　湖南美术出版社
　　　　　　（长沙市雨花区东二环一段622号　邮编410016）
印　　　刷　深圳市福圣印刷有限公司

开本：880mm×1230mm　1/32　　印张：10.5　　字数：268千字
版次：2024年6月第1版　　　　印次：2024年8月第2次印刷
定价：78.00元

如有倒装、破损、少页等印装质量问题，请联系：021-60455819

出 品 人：陈　垦
监　　制：余　西　　林晶晶
出版统筹：胡　萍
编　　辑：靳田田
装帧设计：张王珏
封面插画：谢兴涛

欢迎出版合作，请邮件联系：insight@prshanghai.com
微信公众号：浦睿文化